フェアリー
fairy Guardian
ガーディアン

フェアリー ガーディアン

水《みな》壬《み》楓《ふう》子《こ》
ILLUSTRATION：山《やま》岸《ぎし》ほくと

フェアリー ガーディアン

LYNX ROMANCE

CONTENTS

フェアリー
ガーディアン

おそらく、人間とか他《ほか》の地上を歩く四つ足の動物ならば、とぼとぼ、という表現がぴったりだっただろう。

しかしフクロウのリクとしては、あまりにも遅いスピードで飛ぶと失速してしまうので、パタッ…パタッ…、という脱力した力加減で飛んでいた。

――行きたくない……。

隠しようもないそんな気持ちが全身から――ふわふわと短い羽の先からこぼれ落ちてしまう。

しかしその嫌々ながらののろのろ飛行でも、飛び続けている以上はいずれ、否応《いやおう》なく目的地に到着するわけで。

目の前に特徴的な高い塔が見えてきて、リクはハァ…、と長いため息をついた。

北方五都の一つ、月都《つきみや》の王宮内――その広大な敷地の一角に建つ「神殿」の塔だ。正確には、「西の神殿」と呼ばれる場所である。

徐々に近づくにつれ、神殿の全容が眼下に広がってくる。……とはいえ、フクロウは鷹《たか》とか鷲《わし》ほど高く飛べるわけではないので、塔などは見上げる形になるのだが。

全体的にはシンプルな造りだった。

三つある塔のうちの、もっとも高い塔をもつ「大拝殿」を中心として、その両脇《わき》に半円を描くようにいくつかの建物が付属しており、大拝殿の前は大きな広場になっている。裏側はちょっとした林が広がっていて、夏場などは気持ちがよさそうだ。

神殿、というのが、正式にどこまでを含むのかはわからなかったが、おそらく全体を指しているのだろう。

中央にある大拝殿の最上階――塔の先端にもなる――は「本殿」と呼ばれている。

伝承、というよりも、ほとんど伝説になるが、この月都を治める月《つき》ノ宮《みや》司家《つかさけ》の始祖と言われる、神のおわす場所だ。偶像ではなく、ご神体となる鏡が置かれているらしい。

さすがに、神様のいる場所に上空から足を踏み入れるのが不敬だということくらいは理解しており――実際、「本殿」には許された者しか立ち入りできないはずで、見つかったら叱責《しっせき》くらいではすまないだろう――リクは少し低い、別の塔の窓辺にいったん舞い降りた。

パサッ…と軽く羽ばたいてから羽を休ませ、さて、どうしようか、とちょっと考える。

この神殿では、リクは新参者だ。訪れたのもほとんど初めてと言っていい。

実は「神宮庁」で先日、ちょっとした騒ぎ――実際には、ちょっとした、どころか、大きな騒ぎだったらしいのだが――があり、神宮庁の体制やら活動やらを含めたもろもろの立て直しを手伝うため、リクが派遣されてきたのだった。

いつも王宮の図書館に入り浸っていたリクは、歴史や農業や文化や、いろんな分野を縦断したもろもろの知識を身につけており、どうやらそのあたりを買われたらしい。ふだんは司書の仕事を手伝ったりもしていた。

確かに、神宮や神事に関しても一通りの知識は頭に入っていたが、リクとしてはあまりうれしい役目ではなかった。あるいは、名誉なことだったのかもしれないけれど。

主《あるじ》と——離れたくなかった。

もちろん、離れるといっても同じ王宮内である。広大な敷地ではあるが、会いに帰れない距離ではない。

それでも、神殿に住みこみの形で働くことになっていたので、今までのように主のすぐ側《そば》で眠ることもできないし、近くに気配を感じることもできない。

正直、不安だった。もともと人見知りの傾向があるリクである。

一応、神殿の業務が元通り、軌道に乗るまで、ということだったが、最低でも二カ月。

二カ月後に、王宮で神宮についての全体会議が開かれることになっていたので、それを目安に、ということらしい。

一緒に働くことになるのは知らない人たちばかりだったし、直接リクが補佐につく「朔夜《さくや》」という男についての噂《うわさ》も、少しばかり耳に届いていた。

神に仕える「祭主」であるにもかかわらず、相当に乱暴者で変わり者であるらしい。しかも女たらし。最悪だ。

『朔夜殿にしても、まだ不慣れな役目だしね。しっかりと君が手綱をとって、あの男に仕事をさせてやってほしいんだよ』

と、月都の世継ぎである一位様には言われていた。

『大丈夫だよ。リクならできるから。私の自慢の子だからね』

さらにはそんなふうに主の蒼枇《そうび》に送り出されて、仕方なくやってきたのだった。

ともあれ、役目を任されてしまったからには仕方がない。こうなったら一日でも早く、その役目を終えて主のもとへ帰るまでだ。

心の中で思い切るように、そう決意する。

となれば、まずは……朔夜に挨拶《あいさつ》をするべきだろう。

どこにいるのだろう？　誰《だれ》かに聞いてみようかな、ときょろきょろと神殿の中庭らしい地上を眺めた時だった。

「ふざけんなよ、てめぇっ！　表へ出ろっ！」

静謐《せいひつ》を旨とするはずの場所で、いきなりすさまじい罵声《ばせい》が響き渡り、驚きで思わずぶわっ、と羽が広がってしまう。無意識に、とっとっ、と二歩くらい、後退《あとずさ》っていた。

きゃぁあっ、と何人かの女の悲鳴も重なって聞こえ、えっ？　えっ？　とわけがわからないうちに、建物の入り口から眼下の庭に、大柄な男が転がるように飛び出してきたのに気づく。

その姿をとらえた瞬間、目が丸くなった。というか、チカチカする。

赤毛――だ。月都ではかなりめずらしい。

その目立つ長めの赤毛を振り乱し、男がいかにも悪そうな凶相でわめいていた。

身につけている衣装も鮮やかな赤やら黄色やら青やらの原色が目につく、おそろしく派手派手《はではで》しいものだ。到底、神聖な神殿に似つかわしくない。

神殿と言えば、やはり白と灰色、もしくは銀色か、せいぜい黒、というのが目につく色である。男を遠巻きにするように、建物から出てきた男女もそんな服装だ。

その中で、明らかに男は浮き上がっていた。

――なんだ、あの男……？

神殿へ押し入った狼藉者《ろうぜきもの》だろうか、と思う。それを祭司たちが押しとどめようと、騒ぎになっているのだろうか。

どうしよう、と、内心でハラハラした。

神殿には、せいぜいまわりを定期的に巡回警備するくらいで、基本的には兵は常駐していない。争いが起こるような場ではないのだ。助けを呼びに行くべきだろうか。

しかし迷っている間に、別の低い声が不機嫌そうに耳に届く。

『いい度胸じゃねぇか…。あぁ？　黒江《くろえ》に妙なちょっかい出しやがってっ』

のっそりと男を追うように姿を現した、さらに大きな黒い影は――。

……ク、クマっ？

リクは思わず、目を見開いてしまう。

どこからどう見ても、大きな灰色熊《ぐま》だった。

どうしてこんなところに、というのか、……いやまあ、クマがしゃべっているのは、間違いなく守護獣だからだろう。

リクだってしゃべれるのだから、クマがしゃべってもおかしくはない。

そういえば王家の血筋の一つ、東雲《しののめ》家にクマの守護獣がいると聞いたことはあった。ふだん、王宮にいないので、見たのは初めてだったけど。

「これからしばらく世話になるようだからなァ？　ちょっとした挨拶をしただけだろ」

赤毛の男がふてぶてしい笑みとともに、クマに言い返している。

『挨拶だぁ？　ベタベタ触りやがって…！』

真っ向から対峙《たいじ》したクマが鼻息も荒くわめく。

「ハッ！　そりゃ、誰が見たってむさいクマ野郎より俺《おれ》の方が楽しませてやれるからな。俺になびくのは黒江の勝手だろーが」

『これっぽっちもなびいてねーだろうがっ！　この脳天気なスカタン極楽鳥がっ！』

「誰がスカタン極楽鳥だとっ？」

にらみ合い、罵《ののし》り合っていた二人――一人と一頭が、次の瞬間、がしっ、と組み合った。そしてそのまま、取っ組み合いの殴り合いになる。

「や、やめてくださいっ」

「どうか落ち着いて…！」

女たち、どうやら巫女《みこ》たちの悲鳴と、祭司たちがあわてて止めに入ろうとする姿がちらちらと視界に入ってくるが、どうやらあまりの迫力に近づけないようだ。

それはそうだろう。

――っていうか、クマ相手に？

あまりにも無謀で、リクもただ呆然《ぼうぜん》と見つめてしまう。

確かに男はかなり体格もよく、長身で、腕力もありそうだったが、しかしさすがにクマ相手では基本的なパワーが違う。

……と思うのだが、意外と互角にやり合っていた。

どうやら俊敏さでクマを上まわり、バネのきいた渾身《こんしん》の拳《こぶし》をクマの顎《あご》の下に入れ、さらには重そうな蹴《け》りをクマの腹にたたき込んでいる。

しかしクマの方も、それで大きなダメージを負った様子はなく、手――前足を男の横っ面にたたき込み、一気に襲いかかって地面へ組み伏せた。

おたがいに獰猛《どうもう》なうなり声を上げ、荒い息遣いでつかみ合ったまま、一人と一頭がごろごろと地面を転げまわる。

リクは口を開けっ放しで、その姿を見つめてしまった。

何というか……バカだ、と思う。まともにクマとケンカをする感覚が信じられない。

しかも、何発かクマの前足を腹に食らい、爪の先で頬や肩のあたりを引っかかれているにもかかわらず、一歩も引く様子がない。いや、その体力と闘争心には感心するが。

「やめてくださいっ、ゲイル！ 相手は朔夜様ですよっ！」

しばらく、なかばあきれてその様子を見つめていたリクだったが、そんな悲鳴のような誰かの声にハッと我に返った。

見れば、若い男が一人、取っ組み合いをしている二人に必死に近づこうとしている。祭司たちの衣装ではなかったので、神殿の人間ではないのかもしれない。

――朔夜、様……？

しかし男は明らかにケンカをしている一人と一頭に呼びかけていて……まさか、クマの方ではないだろう。

とすると、あの赤毛男が朔夜様？

ようやく認識し、えっ？　とあらためてそちらを眺める。

クマとの格闘ですでに髪はぐしゃぐしゃ、鮮やかな衣装も引き裂かれてボロボロの上、転げまわったおかげで土にまみれている。

――アレが……朔夜様？

一瞬、あぜんとし、それでもあわててリクは塔から飛び立った。

リクは、この朔夜の補佐として仕事の手伝いとともに、面倒《めんどう》をみてやってくれ、と一位様から依頼されていたのだ。クマとケンカなどさせている場合ではない。

『ちょっ…、やめてください！　何をやっているんですかっ！』

小さく小回りのきく身体《からだ》をいかし、リクはなんとか暴れている朔夜の横へまわりこんでホバリングすると、思いきり声を張り上げた。

「あぁっ？」

それでようやく存在に気づいたように、クマの胸倉――胸のあたりの白毛をつかんでいた朔夜が恐ろしい形相でふり向いた。そして、いらだたしげに眉《まゆ》をよせる。

「何だ、きさまは…？　引っこんでろっ、チビッ！　……ていうか、何だ、おまえはっ？」

『このやろうっ！　人の毛をむしってんじゃねぇ！』

その隙《すき》に、クマが強烈な張り手で朔夜を突き放す。

『ぼ、僕は…っ、今日からあなたの補佐で……っ』

「邪魔だっ！」

鋭く襲いかかってきたクマの爪を危うく避け、大きく胸を反らしてから一声叫ぶと、朔夜が大きく広げた手のひらを思いきり伸ばし、いきなりがしっ、と無造作にリクの頭をつかんだ。

『ひっ！』

恐怖に身がすくみ、一瞬、頭の中が真っ白になる。

ほとんど、鷲の鉤《かぎ》爪につかまれたような感覚だった。……経験はなかったけれど、多分、そんな感じだ。

そしてそのまま、ものすごい力でぶん投げられた。

『ひゃ――――――っっっ！』

どこから声が出ているのかもわからない。風を切る勢いで、リクはまともに飛ぶこともできないまま、正面にあった大きな木の、生い茂った葉っぱの中に顔からつっこんだ。

ザザザザザ…ッ、と、ものすごい勢いで木の葉が羽にこすれ合う。勢いが落ち、枝に羽が絡《から》まるようにしてなんとか身体は止まったものの、いったい何が起こったのか、すぐには理解が追いつかなかった。

──な……に……？

木の葉に埋もれたまま、しばらく呆然としてしまった。

「ゲイル！　やめなさいっ！　これは命令ですよっ！　従わない気なら、二度とパンケーキは作りませんからねっ」

背中から甲高い、そんな声が響いていた──。


北方五都──雪都《ゆきみや》、花都《はなみや》、鳥都《とりみや》、風都《かざみや》、そして月都。

五つの国が支配するこの一帯でも、月都はもっとも大きな勢力と国土と、そして長い歴史を誇っていた。

月都自体は三千年の歴史を持ち、王家である月ノ宮司家がこの地に都を移したことに由来する、遷都一二〇〇年祭の式典もしばらく前に行われたばかりだ。王家の祖先を祀《まつ》り、またこれまで王家のために尽くしてくれた守護獣たちを祀る儀式でもある。

守護獣。

この五都で、王家を王家として認め、敬愛させているのは、その存在だろう。

国王や直系の子供たちを中心に、五都の王族は守護獣を持つ者が通例だった。

いや、むしろ、守護獣と呼ばれる動物たちがそれぞれに適性や相性を見定め、自分たちの主を選ぶ、と言った方が正しいのだろう。

守護獣の種類はさまざまで、トラや豹、クマなどの大型獣から、鹿や馬、あるいはリスやネコ、ネズミなど小動物もいる。もちろん鷲や鷹、それにフクロウなどの猛禽類《もうきんるい》や、鷺《さぎ》や鶴《つる》、あるいは他の小鳥たちも。

基本的には、守護獣たちの方で自分が主としてその能力を認めた人間と「契約」を交わすことになる。

つまり戦闘能力の高い大型獣であれば、武人を主に持つことが多いわけだ。他にも、ネズミや鳥類などは、探索、索敵が得意であり、ウサギやネコ、ヘビなどは医療系の能力を持つことが多く、フクロウやミミズクであれば学者や聖職者に、牛や馬であれば建築関係に秀でた主を持つことが多い。

……とはいえ、個体差が大きいので、それぞれの能力と状況に応じて、ではあるが。

守護獣はその「主」に力を貸し、もともと持っている能力を高めてやることができるのだ。

と同時に、「主」を得て自らの力を発揮することで、守護獣たちも生命力を高め、自分たちの寿命を延ばすことができる。

そして守護獣の助けを得た王族は、その能力を国のために、民衆のために尽くすことが求められていた。

実際に、現在の月都の皇子、皇女たちは、さまざまな分野で国のために働いている。

国中をまわって医療活動をしている皇女もいるし、やはり自らあちこちへ足を運び、土木、建築作業に関《かか》わっている皇子もいる。もちろん、国の守りとして隊を率い、訓練を行っている皇子も。

その中でも、月都の一位様――第一皇子についている守護獣は、ペガサスだった。

月都の長い歴史の中でも、始祖である月王と、中興の祖と呼ばれる名君と、戦乱の中で国を守った猛王と、その三人にだけついていた、きわめて稀《まれ》な神獣である。

ペガサスを守護獣に持つ皇子がいる、というだけで、月都は他国に対して、圧倒的な抑止力を持つ。

絶対的な守護獣がいる間、月都が他国に侵されることはまず、あり得ないという安心感もあり、月都はここ数百年でもっとも繁栄した時代を迎えていた。

ペガサスに認められた皇子、ということであり、もちろん、一位様は国中の畏怖《いふ》と尊敬、信頼と人望とを一身に集めていた。

そして実際に、一位様にはそれに見合う能力があった。月都の世継ぎである以上、為政者としての能力、ということだ。

そのため、かなり若いうちから政務に携わっており、二十八歳を迎えた現在では、父王以上に国内外の政治的、経済的、外交的な問題に辣腕《らつわん》を振るっている。

その一位様――千弦《ちづる》にリクが呼び出されたのは、昨日のことだ。

しばらく神殿の方で力を貸してくれないか――と。

主である蒼枇にともなわれて執務室へ出向いたリクに、千弦はそんなふうに言った。

「神宮庁が今、ずいぶんと混乱しているのは知ってのことと思う。その立て直しが急務なのだが、人材が足りなくてね」

神宮庁というのが、神殿を始め、神官たちを管轄する部署になる。その性質上、政治からは独立した機関であり、国事に関わることはないが、国民の信仰は厚く、尊ばれていた。

役目としては、神事やその儀式に関わる一切。つまり、国のために祈ること。また、俗に「神の声」と呼ばれる、一般への告知がある。

神殿では天文学や気象学が学ばれており、天候の予想や、災害の予知、折々の吉凶の占いなども行っているのだ。

その告知は民衆に与える影響も大きく、王といえどもその発言力を無視することはできなかった。

それだけに、千弦にしても今まで――つい先日の騒ぎが起きるまで、直接、神宮の采配《さいはい》に口を挟《はさ》むことはなかったのだろう。

神宮には数十名の祭司や巫女たちがおり、さらに三名が「祭主」として監督していた。通常、その三名の合議制によって、神宮のあらゆることが決定されている。

「天満《てんま》」、「初魄《しょはく》」、そして「朔夜」、と呼ばれる三人の祭主はそれぞれに世襲の地位であり、遡《さかのぼ》れば月ノ宮司家から派生した家系だった。王族から嫁いだり、それぞれ家から王族へ嫁いだり、ということも多く、王家とは血縁関係とも言える。

しかし、神殿はある種、閉鎖された空間であり、特殊な役目だけに、今まで「外から見れば何をしているのかわからない」問題もあった。いや、「神の声を聞く」神聖な役目だけに、大きな問題がおこるはずもない、という感覚があったのかもしれない。

何百年も続いた「世襲」という体制も、悪い方へと働いた。

祭主だけでなく、そもそも祭司や巫女などの神官職に就く者たちは、たいてい親や身内がその仕事をしていた、という場合が多い。他の部署との交流が少ないだけに、さらにその神官たちの間での婚姻が進み、いつの間にか神宮の中で一族のようなつながりができあがっていたのだ。

慎重に、長い時間をかけて同志を増やし、計画を立て、いつの間にか神宮という特殊な環境の下で、人知れず大きな陰謀が育っていた。

それが爆発したのが、つい先日の騒ぎである。

月都では、二十年ごとに神様が「西の神殿」と「東の神殿」とに移り住むことになっている。その引っ越しの儀式が二十年に一度の「遷宮」と呼ばれる神事だが、今年はその節目の年だった。

そのさなか、起こったのである。

幸い、企《たくら》みは未遂で終わったのだが、その事後処理が問題だった。

移る予定だった東の神殿は大きく損傷を受け、結局、おそらくは月都の歴史上初めて、遷宮ができないままに、現在は西の神殿が使われている。東の神殿の補修が完了すれば、またあらためて、ということになったらしい。

その騒ぎの余波で、現在は「天満」と「初魄」の二つの地位が空席のまま、さらには神官たちの三分の一が神殿を去ったという異常事態に陥っていた。

残った朔夜は、現在二十八歳。

二年前に亡くなった父親のあとを受けて「朔夜」に就任したわけだが、まだ若く、経験も浅く、そもそも神宮での仕事に熱意も関心もないらしい。

残ったトップがそんな状態なので、とにかく今の神宮庁は大混乱ということなのだ。

こうなると、王家――一位様が口を出さないわけにもいかず、とりあえず朔夜を助けて神宮の立て直しに努めてほしい、というわけである。

しかし正直、リクはまったく気が進まなかった。

なにより主の蒼枇と離れるのが嫌だったし、そんな役目が自分に務まるかどうかも心配だ。

一位様からの指名であれば光栄なことだし、誇らしいと言えるのだろうが、やはりどうして僕が…、という気持ちになってしまう。

——しかし。

「蒼枇様からの推薦もあってね。君なら知識も豊富だし、十分、役目を果たせると思うのだが」

リクの主である蒼枇は現国王の弟の一人であり、千弦からは叔父にあたる。

その主からの推薦と言われると、リクとしては断ることはできなかった。

「大丈夫だよ。リクならできるから。私の自慢の子だからね」

さらには主からもそんな言葉をもらうと、失敗もできない。

覚悟を決めて、リクもやって来たつもりだった。

……なのに。

「先ほどはうちのクマがお恥ずかしいところをお見せしまして、本当に失礼をいたしました」

ようやく朔夜とクマとは休戦したらしく、神殿の一室——七つの階になっている大拝殿の五階にある、どうやら朔夜の執務室のようだ。一般の神官たちも、許可がなければ四階以上には上がれないらしい——で、ようやく顔合わせができた。

朔夜はボロボロになった服は着替えていたようだが、やはり極彩色の色合いは変わらない。髪も少しばかり整えていたが、顔や首のあたりにはぺったりと湿布らしきものが貼《は》られていた。クマに殴られた痕《あと》だろう。

いかにも不機嫌そうにテーブルに肘《ひじ》をつき、ふん、そっぽを向いている。

一方クマはというと、……その姿はまるで変化していた。

人間の姿に、だ。名をゲイルというらしい。

やはり人になっても体格はよく、こちらの方も顎のあたりが痣《あざ》になっているのか、同じような湿布が貼られていた。

ボサボサの髪に無精ヒゲと、いくぶんおっさんの風情で、やはりこちらもむすっとした顔で腕を組み、あらぬ方に首を曲げている。

そしてリクも、人に姿を変えていた。

やはり顔合わせとなると、こちらの方が話しやすい。

服は、とりあえず神殿のローブを借りていた。祭司たちの着る灰色のものだ。……まあ、もともとが灰色の羽なので、違和感はない。

そして、まず口を開いたのが、残る一人の男だった。

「あらためまして、黒江と申します。落ち着くまでこちらをお手伝いするよう、一位様からご命令がありまして、東雲家より遣わされてまいりました」

二十歳くらいだろうか。細身で、少しだけリクよりも背が高い。優しげな様子だが、口調にも態度にも、しっかりとした雰囲気がある。

黒江は、まっすぐにリクを見て言った。どうやら朔夜とは、すでに顔見知りらしい。

そういえば、この黒江という人のことはリクも事前に聞いていた。

東雲家というのは、千弦の従兄弟にあたる高視《たかみ》様が当主である王家の血筋の一つだ。つまり、リクの主である蒼枇の甥《おい》にもあたる。

クマのゲイルは、その高視の守護獣なのだろう。前足——今は左手に、守護獣の印となる赤い輪がはまっているのが見える。

リクも、今は服に隠れて見えないが、左の足に同じような赤いリングがついていた。

どうやら黒江は、ふだんはその高視の屋敷で執事のような仕事をしているようだが、先日の遷宮の儀式の際に、手伝いで神殿へ派遣されていたらしい。

高視は歌舞に長じており、舞人としても名高い。神事の際にはその舞を奉納することも多く、そのつながりなのだろう。

つまり、黒江は例の騒ぎのど真ん中にいたわけだが、神殿の中のこと——主に事務的な仕事を手伝えるということで、やはり一位様から派遣の要請があったようだ。

ゲイルも同様に、力仕事だとか、手薄な警備も兼ねてよこされたらしい。

主から離れて、というのはちょっと不思議な気もしたが、その主からの命令で、ということであれば、そんなこともあるのだろう。

そう、ちょうど今のリクみたいに、だ。

従順な守護獣とは言い難く、黒江がお目付役というところだろうか。

「ほらっ、あやまりなさい！」

ピシャリと言って、黒江が隣にすわっていたゲイルをにらみつける。

「だって、コイツが悪いんだろっ」

しかしゲイルが納得できないように、ふくれっ面でわめく。

「だいたい卑怯《ひきょう》なんだよっ。クマで襲ってきやがってっ」

それを、テーブルを挟んで朔夜がぎろっと横目ににらむ。

勝てなかったのが悔しいらしいが、……そもそも本気でクマに勝つ気だったのだろうか？

「クマん時におまえがちょっかい出したんだろうがっ」

「挨拶だっつってんだろうが！」

「馴《な》れ馴れしいんだよっ、遊び人がっ」

同時にドカッ！　と椅子《いす》から立ち上がった男二人が、テーブル越しに顔を寄せ合うようにしてメンチを切る。

「ゲイル！」

叱《しか》りつけた黒江が、ぎゅーっ、とゲイルの耳を引っぱり、いたたたたたっ、とゲイルがいささか情けない顔で、しぶしぶと椅子にすわり直した。

ふんっ、と鼻を鳴らして、同様に席に着いた朔夜が、ようやく思い出したように、ちろっとリクに視線をよこした。

「……で？　おまえは何なんだよ？」

胡散臭《うさんくさ》そうに聞かれ、ようやくリクも我に返る。

「あ…、あの、リクと言います。一位様から言われ、こちらで朔夜様の補佐をするように、と」

「あぁ？　いらねぇよ、補佐なんぞ」

丁寧《ていねい》に自己紹介したリクだったが、顔をしかめた朔夜が無造作に吐き出した。

「つーか、祭主も俺だけなんだろ？　あれだけの不祥事を起こしたんだ。神宮も解散させりゃいいいんだよ。——はい、終わり終わりっ」

まったくの他人事《ひとごと》に、パタパタと朔夜が手を振る。

「そんな……」

さすがにリクはあぜんとした。二の句が継げない、というか、何と言っていいのかわからない。

とても祭主の口にする言葉とは思えない。

いったいどういうつもりだ…？　と。自分の役目を何だと思っているんだっ、と内心でむかむかしてくる。

思わず声を荒らげそうになったが、横から黒江が静かに口を挟んだ。

「そんなわけにはいきませんよ、朔夜様。他の役所ならば改編もできるでしょうが、神宮庁はやはり特別なお役目がありますから。今回のことで膿《うみ》をすべて出し切って、朔夜様が新しい神宮を作られるように一位様も期待されています」

そんな冷静な指摘に、朔夜がむっつりと肩をすくめた。

「めんどくせぇ…。つーか、俺には無理だっつーの」

「やってみもせずに、ふざけたことを言わないでくださいっ！」

イラッとした瞬間、思わずリクは甲高い声で叫んでいた。

一瞬、黒江もゲイルも、そして朔夜も驚いたようにリクを見る。

視線が集中して、あ…、とようやくリクは自分が声を上げたことに気づいたくらいだ。

無意識に口元を押さえてうつむいてしまったリクを、朔夜がじろじろと眺めてくる気配がする。

「……おまえ、俺の補佐につくって、何、してくれんだよ？」

「そ…、それは……いろいろと。これからよく検討しなければいけませんけど」

今日来たばかりで、具体的なことが提示できるはずもない。

「言えねぇのかよ」

ふん、とバカにしたように朔夜が鼻を鳴らし、あーぁ、と両手を組んで頭の後ろにまわす。

ムッとして、リクはぴしゃりと言い返した。

「朔夜様にまず、どうしたいかの展望をお聞かせいただかないと」

「あー？　別にぃ？　普通にもどりゃいいんじゃねぇのか」

ぎしっと椅子の背もたれに身体を預けながら、のんびりとした調子で答えるのが、さらにカンに障る。

「そんな無責任な……！」

いくぶん気色ばんだリクの様子に、黒江がするりと割って入った。

「組織的な改編につきましては、一位様のお考えもあるでしょうが、とりあえずこちらから案を提出した方がいいんじゃないでしょうか？　ただその前に、確かに今は通常の業務が行えるように、足元を固めなければいけないと思いますね。祭主様だけでなく、神官の数もずいぶんと減りましたから、仕事の割り振りから見直さないと」

建設的なそんな言葉に、リクはようやく一息入れる。どうやらこの中でまともに話せるのは、黒江だけのようだ。

「リクさんは神宮でのお仕事は初めてですか？」

「あ、はい。神事についてはだいたい理解しているつもりですが」

ふわりと微笑《ほほえ》んで聞かれ、なんとか言葉を押し出す。

「でしたら、実務的なこともすぐに覚えられるはずですよ。そういう私も、まだ三カ月ほどしか実際には関わっていませんし。……あ、祭司に柊《ひいらぎ》さんという方がいらっしゃるのですが、何かわからないことがあれば、その方にお聞きするといいと思います。あとでご紹介しますね」

「ありがとうございます」

ホッと息をついて、リクは頭を下げた。

「あの…、守護獣でいらっしゃると思いますが、主はどなたでしょうか？　申し訳ありません。ふだん宮廷に出ていないもので、そのあたりにうとくて」

そんなリクに、黒江がいくぶん申し訳なさそうに尋ねてくる。

王族——王とその兄弟たち、そして王の子供たち、その他にも血筋の者たち数名が守護獣を持っており、王宮の中を自由にうろうろしているのだが、確かに外で暮らしていれば、ほとんど会う機会もないだろう。誰もが知っているのは、一位様の守護獣がペガサス、ということくらいだ。

いつも図書館と、主の部屋くらいしか往復がないリクの存在自体、あまり知られているとも思えない。トラや豹ほど華々しくもなく、鷹や鷲などと比べても地味な存在だ。

「あ、僕の主は蒼枇様です」

答えたリクに、うん？　と興味を惹《ひ》かれたように朔夜が顎を撫《な》でた。

「ああ…、あの変人って噂の男だな」

「あなたほど変人じゃないですよっ」

あっさりと言われ、リクは思わず目を吊《つ》り上げてわめいた。

蒼枇は王弟、という立場になる。

王弟の何人かは地方領主として努めている者もいるし、東雲家のように分家となった者もいる。もちろん、皇女であれば降嫁した者も多い。

が、王宮に残って、自分の適性に合った役目を果たしている者もいて、蒼枇もその一人だった。

蒼枇の役目は、確かに少し、変わっているのかもしれない。だが他に代わることのできない役目だと思う。

蒼枇の仕事は、守護獣の調教、だった。正確に言えば、再調教、である。

実は、守護獣のすべてが正しい使われ方をしているわけではない。もともとの気性もあるのだろうが、うっかりと悪い主と契約をしてしまった場合、不本意でもその命令を聞かなければならなくなるのだ。

主人を選ぶのは守護獣の立場だが、いったん契約を交わすと、あとは主が死ぬか、主から契約を切ってもらうまで、守護獣はその主に縛られることになるからだ。主の命令に逆らうことはできない。

よい主に出会えれば、主の愛情を受け、おたがいの能力を伸ばし、寿命を延ばすことができるのだが、相手を見抜けず、悪い主に捕まるとかなり悲惨なことになる。

嫌な命令を聞かなければならないのは大きなストレスとなり、それで死んでしまう守護獣もいるらしい。

だが中には、悪い主人に飼い慣らされ、自ら望んで悪事を働いてしまう守護獣も存在する。主の死後、あるいは契約を切ったのち、そんな守護獣を引き取って再調教するのである。

実は一年近く前に大きな事件が起こり、そういった守護獣がたくさん出てしまったのだ。

その悪い主、というのは、結局のところ王族になるわけで、ことは表沙汰《ざた》にされずに裏で処理されたようだが。

リクは関わらせてもらえなかったが、その再調教というのは、やはりその動物の種類、あるいは個体差に合わせてさまざまのようで、やはり難しく、時に激しい訓練になることもある。

厳しい叱責もあったし、鞭《むち》を使うことや、火を使うことや、いろんな拘束具を使うことも。

そのあたりが傍目《はため》には少しばかり奇矯《ききょう》に見えてしまうようで、リクとしては蒼枇が王宮内で不当な評価を受けているような気がするのだ。

「調教だけじゃありません。心に傷を負った守護獣たちの治療にも努めているのですから」

むっつりと言い返すと、ふーん、とどうでもいいように耳をほじりながら返されて、さらにムカッとする。

「あなた、やる気はあるんですかっ！」

「ないない。ムダムダ。さっきぶん殴った時、コイツの頭はカラカラ音を立ててたからなァ…。できるわけねぇよ」

思わず噛《か》みついたリクに、朔夜が答えるより先に、ゲイルがへっ、といかにもな調子であざ笑って口を挟んだ。

「なんだと、クマ公…。てめぇと一緒にしてんじゃねぇぞっ！」

それにバッ、と振り返った朔夜が吠《ほ》え返す。

「俺の頭はちゃんと脳みそ、つまってますー。耳の先までぎっしりですー」

「つまってんのはクマ肉だろうがっ。筋肉バカだろうがっ」

「ふざけんなっ！　おまえは頭の先から極楽鳥のくせにっ。偉けりゃ、まともに仕事してるとこを見せてみろよっ」

「ああ、じっくり見せてやるよ！　てめぇはクマ踊りでもしてやがれっ」

おそらくは勢いだけで口にしたのだろう、そんなタンカに、リクはちょっとびっくりして目を丸くしてしまった。

にやり、とゲイルが口元で笑い、朔夜に向かって指を突きつけた。

「当分、俺たちはここにいるんだ。じっくりとアンタの仕事風景を見せてもらうからなー。怠けてんじゃねぇぞ、極楽鳥」

そんなセリフに、朔夜自身、ようやく言わされたことに気づいたように、チッ、とおもしろくなさそうに舌打ちする。

「その極楽鳥ってのはやめろ」

視線を逸《そ》らし、むっつりとそれだけを言い返す。

ちらっとゲイルは黒江と視線を合わせて、にんまりと笑う。

黒江も小さく微笑んで、リクに軽くうなずいた。

どうやら、クマの方が朔夜様よりも少し賢いのかもしれなかった。

……人間として、妙に情けない気もするけど。

◇

◇

めんどくさそうなヤツが来たな…、と朔夜は内心でうなった。

リク、と言ったか。どうやら本体はフクロウらしい。

補佐につくように千弦から指示された、と言っていたが、……要するに、お目付役というところだろう。

まったく、ちょろちょろとうっとうしい。

クマ野郎とのケンカにしても、リクが邪魔をしなければ勝てたはずだ。……多分、だが。

結局あのあと、決着がつかないままに黒江に止められてしまった。

あのクマ、ゲイルとのケンカは、結構、おもしろい。手加減する必要がないし、向こうにしても案外本気だと思う。

他の連中だとあっさり逃げてしまってケンカにならないことが多いので、朔夜にとっては、ああいう相手は貴重だった。日頃《ひごろ》の鬱憤《うっぷん》が発散できる。

思いきり殴られたとしても、どこか爽快《そうかい》で、それも悪くない、と思えるのだ。いや、決してそういう趣味があるわけじゃないが。

思いきりやれる、というのが重要だった。手加減することもなく、されることもなく。

昔から――十歳くらいの頃から、朔夜はまわりに反発していた。

生まれはよかったと言えるのだろう。

代々、神宮を取り仕切る「朔夜」の家系で。古くから、王家とも血縁関係にある。確か、一番最近では祖母が先々代国王の皇女だった。

神に仕える家系だけに、ある程度、躾《しつけ》には厳しかった。父は生真面目《きまじめ》な性格で、口数が少なく、仕事もいそがしかったようで、ほとんど母親に育てられていたが。

それが、二十年ほど前だろうか。当時の朔夜にはよくわからなかったが、神殿の月読みの巫女の一人が、何か事件を起こして逃亡した、とされた。

それに当時の「朔夜」だった父親が関係している、と噂になったのである。

つまり、その巫女に父が権力にものを言わせて手を出し、それを嫌った巫女が強硬手段に出たのだ、と。

だが当のその巫女は逃げたまま見つからず、その「事件」もうやむやのうちに処理されたらしい。

結局、噂だけが残った。

父が公然と非難され、追及されたわけではなかった。なにしろ、閨《ねや》での出来事だ。当人がいなければ真実かどうかの検証もできない。

だが、それがよけいに問題だった。噂だけが先行し、人の口から口へと伝わった。

公式な聴聞や聴取がなかっただけに、父には弁明の機会もなかった。

ただ、陰でコソコソと非難されるだけだ。真面目な外面で、裏では好き放題に巫女たちを食い散らかしている卑劣な男だと。

父は反論することも許されないまま、しかし、逃げたくないというプライドがあったのだろう。なにより、自分は何もしていない、という意地だったのか。

おそらくは、まわりからの冷たい視線を浴びながら、そのまま仕事を続けていたのだが、一昨年《おととし》、病死した。

それによって、自分が新しい「朔夜」としてあとを継いだのである。

しかしそんな父の噂は、十歳くらいの時から朔夜の耳にも入っていた。信じられなかったが、やはりまわりからはいろいろと言われた。大人はまだしも、同世代の子供たちからは特に、だ。

「おまえの父親、巫女に手を出したんだって？」

「それで、逃げられたんだよなーっ」

「そりゃ、あんなつまらなそうな親父《おやじ》相手じゃなァ…。女にモテそうなタイプじゃねぇもんな」

揶揄《やゆ》され、笑いものになった。

体格的には子供の頃から大柄だった朔夜は、ただ感情的に、力で黙らせるしかなかった。

ケンカや乱闘騒ぎも絶えず、父親に叱られたこともある。

だが、そんな父に対して朔夜は、

「そういうアンタは陰で何をしてたんだよっ！」

と、怒鳴り散らしただけだった。

「私が信じられないのか？」

そう静かに聞かれても、「信じられないねっ！」と吐き捨てて。

そして親に逆らうように、十七、八の頃から派手に遊び始めた。身分を隠して、街へ出て、それこそケンカをしたり、博打《ばくち》で遊んだり、女を買ったり。

それで、気が晴れるわけでもなかったが。

家を飛び出し、国を捨てることも考えたが、病気がちになっていた母や、まだ幼い妹を残していくこともできず、父のあとを継いだのも、仕方なく、だった。何百年、何千年も続く家業なのだ。

役目を受け継いだものの、しかし神宮に対しては嫌悪しかなかった。神様などいるはずもなく、何を仰々《ぎょうぎょう》しく祀っているのかと、バカバカしいくらいだった。

自分にできる仕事とも、性に合っているとも思えない。父との確執が長かっただけに、直接教えを受ける機会もないままだったのだ。

子供ができ、ある程度の年になればさっさと譲ろう、というくらいの、無責任な考えだった。

結局この二年での仕事は、先輩にあたる「天満」と「初魄」に言われるまま、必要な書類に署名することくらいのことだった。ろくに、神殿での仕事内容など知ろうともせずに。

中で何が行われていたのか、彼らが何をしようとしていたのか、考えることもなく。

それが、天満や初魄にとって都合がよかったのだと知ったのは、ついこの間の騒ぎが起こった時だった。

そしてその時ようやく、父が本当に何もしていなかったことがわかったのだ。世間に恥じるようなことは何も。

うれしかったし、ホッとした。と同時に、自分を激しく責めた。

なぜ信じてやれなかったのか、と。天満や初魄の思うように操られ、自分がどれだけ愚かだったのかを痛感した。

そして、神宮庁の存在を揺るがしかねないその騒ぎの事後処理を、結局、三人の祭主のうち一人だけ残ることになった朔夜が、一位様から命じられた。

しかし神宮のすべてを仕切っていた実力者二人が消え、長く働いていた神官たちの三分の一が去り、実際、朔夜にできることはなかった。

知識も経験もなく、そうでなくとも、神官たちからの信頼はないに等しい。……今までの素行からすれば、まったく当然のことに。

今さら、何をしたらいいのかわからなかった。何から手をつけたらいいのか。

それを教えてくれる者もない。

自分へのいらだちや、怒りだけが膨《ふく》らんでいた。

不適合者として、さっさと罷免《ひめん》してくれればいい。祭主が三人ともいなくなって、一からやり直すにはちょうどいいだろう。

あんな、素人のフクロウ一匹よこされたくらいで何ができるというのか。

神宮庁自体、なくしてしまえばいい――。

そんな思いで、まさしく鬱憤がたまっている、という状態に他ならなかった。

ふた月ほど先に、神宮庁の今後を話し合う公式な会議が開かれる予定がある。一位様の主催で、大臣たち、各庁の高級官吏たちが集まるようだ。

その場で朔夜が、神宮庁の現状と今後の見通しとやらを発表することになっていた。……正直、知ったことか、という感じではあったが。

さらには、天満と初魄について――正確には二人が独断で起こした事件なのか、あるいは家ぐるみで関わっていたのか、ということも、一通り、神宮庁でも調べることになっていた。

他の部署、確か近衛隊を中心にそちらの調べも進めているようだったが、それと連携して、ということだ。

具体的に神宮に任されていたのは、子息や他の家族たちへの聞き取り調査だった。神宮の職務的な視点から、という意味合いもあるのだろう。

とはいえ、祭主の家の人間を調べるのだ。一般の祭司では腰が引けるだろうし、結局のところ、朔夜がやらなければならないということになる。

その事件自体に関わった人数はかなり多く、他の部署でもいろんな角度から追跡調査をしているようだが、神宮としては、本来、次の天満、次の初魄になる人物がどこまで事件に関わっていたのか、あらかじめ知っていたのかどうか、ということが、つまるところの問題になるのだ。

天満、初魄、朔夜の祭主は世襲である。本来、当主がこんな問題を起こせば、家自体、とり潰《つぶ》されてもおかしくないところだが、とり潰してしまうと、次の祭主になる者がいなくなる。数百年、千年続いた制度を取りやめるのはなかなかに難しいらしく、そのへんを見極めたい、ということのようだった。

一位様としては、親の咎《とが》を子に及ぼすのも、という気持ちもあるようで、しかしこれだけ大きな事件になってしまった以上――東の神殿が半壊したくらいなのだ。こっそりと処理できる範囲を超えていた――、正式に処分を下さないわけにもいかない。

家を存続させるべきかどうか。一族郎党が関わっていて、たとえば「天満」の家をとり潰すのであれば、次の「天満」として新しい誰か、どこかの家を任命するのか。それとも神宮庁の制度自体を、根本的に変革するのか。数千年の歴史上、初めての事態である。

考えただけで頭が痛くなるような、大きな問題だ。

……それを思えば、自分が考えなければいけないのはたかだか神宮庁の行く末くらいだが、一位様ともなると、それを踏まえて他の庁との調整だとか、歴史ある一族の命運だとか、背負うものは多そうだ。もちろんそれだけでなく、他の、国内外の重要な問題も多く抱えているわけで。

確か一位様——千弦とは同い年のはずだが、あのきれいな顔で、疲れも見せずに膨大な政務をやりこなしているのは、さすがはペガサスを守護獣に持つ皇子だけはある。

やれやれ…、と朔夜は嘆息した。

しょせん、自分の父親も信じてやれなかったような男だ。今の仕事でさえ、手に余る。助けてくれるような人間もいない。

正直、面倒だった。誰かに任せてしまえるものなら、そうしたい。どうせ、自分が何か考えてやったとしても、あちこちからつまらない文句が出るに決まっているのだ。

クサクサする気分を持て余し、朔夜は神殿を出て、厩《うまや》から自分の馬を引っぱり出すと、神殿の前に大きく広がる平原を一気に駆け抜けた。

そもそも、西の神殿、東の神殿は、それぞれ王宮の敷地の、本当に端っこの方に建てられている。世俗の雑事にわずらわされないように、ということなのかもしれないが、正直、朔夜にしてみれば相当に不便だ。

しかし神に仕える身であれば、そんな不便さはあまり関係ないらしい。

特殊な役目だけに、他の庁と関連しての仕事は少ないし、実際に神殿に勤める者は、よほどの用がなければ、ほとんどその敷地内で一日を過ごしているのだ。食料や、他の必要な物品は、毎日馬車で運ばれてくる。

朔夜としては、閉じこめられているようでイライラしてくるのだが。

外へ——花街へ、だ——遊びに出るにも遠すぎる。

結構な道のりを飛ばし、王宮の、中宮と呼ばれる一角へ入る門の手前で下馬した。

月都の王宮は、外宮と呼ばれる、渉外業務にあたる場所が一番外側に、その次に中宮と呼ばれる、一般の官吏たちが政務を行う広大な建物がある。王宮の中ではもっとも広い面積を有し、慣れない朔夜などは案内がなければすぐに迷子になってしまうだろう。

さらにその奥に、奥宮という王族の暮らす場所がある。細かく言えば、そこも中奥と奥宮に分かれており、中奥には王族で国の役目に就いている方々の執務室がある。

外宮のあたりは、さまざまな陳情や許可証の発行などで一般の民衆たちの出入りもあるため、警備はそこそこという感じだが、中宮以降はかなり厳しいものになる。

馬での立ち入りも原則的に禁止されており、朔夜はそこで門番に馬を預けた。

朔夜が王宮内に用があることはほとんどなかったが、今日は数少ない友人と言える、守善《しゅぜん》を訪ねるつもりだった。

近衛隊の隊長であり、七位様、と呼ばれる立場の男である。つまり、王の七番目の皇子だ。

とはいえ、ざっくばらんなつきあいやすい男で、二つほど年下だが剣の腕が相当によく、朔夜も時々、相手になってもらっていた。

昔から自己流のケンカに明け暮れていた朔夜だが、やはり状況に応じて剣も使えた方がいいか、と思い、かといって正式に剣術を習うには態度が悪すぎた。仕方なく、自己流の見よう見まねで剣を振りまわしていた朔夜に、通りがかって見かけた守善が手ほどきしてくれたのである。それ以来のつきあいだ。

今は美しい雪豹の守護獣を持つ男だが、以前は皇子のくせに守護獣のいない「能なし」と嘲《あざけ》られていて、そのあたりもどことなくおたがいに感じる部分があったのだろう。

守善はたいてい、大きな中庭の一つで自分の隊の訓練を行っているのだ。

が、朔夜が門の中へ足を踏み入れてすぐ、だった。

回廊に面した庭の片隅にある東屋《あずまや》の中で向かい合ってすわり、何やら難しい顔で話している男たちの姿に、朔夜はわずかに眉をよせた。

見覚えのある顔だ。

と、思っていたら、どうやら向こうもこちらに気づいたらしく、ふっと何気なく上がった顔が一瞬に引きつる。

それでも二人で目配《めくば》せするようにして、東屋から出てきた。

「これは朔夜様」

丁寧な口調だったが、どこか慇懃無礼《いんぎんぶれい》な雰囲気がある。

永泰《ながやす》、という男だった。

朔夜より三歳ほど年上だっただろうか。天満の――前天満の、というべきか――息子である。

つまり、次の天満になるはずだったのだが、現在、父親が牢《ろう》にいることを考えれば、微妙な立場にいる。

「相変わらず、鮮やかなお衣装ですね」

追従《ついじゅう》のつもりか、あるいはバカにしているのか、もう一人が口を開く。

央武《ひろむ》、という、こちらは初魄の息子だ。この男は朔夜の一つ年下になる。

この二人がそろっているということは――。

「今日は中宮で聞き取りがあったのか？」

確か、口裏を合わせるのを避けるために、父親との面会などは許されていなかったはずだ。

もっとも二人の父親に罪があるのは間違いなく――なにしろ、現行犯に近い――、いずれ取り調べが終われば、死罪は免れないところだろう。

あえて無表情に、淡々と尋ねた朔夜に、二人の表情が一瞬に強張《こわば》った。唇をきつく引き結び、朔夜をにらみ上げてくる。

「お…俺たちはっ！　親父のしてたことなんて何も知らないんだよっ！」

わずかに頬を紅潮させ、央武が声を上げた。

そんな悲鳴のような叫びに、朔夜は軽く肩をすくめた。

「いずれ、神宮の方でも正式に話を聞かせてもらうことになるだろうからな。申し開きはその時にしてくれ」

それだけ言って、あっさりと立ち去ろうとした朔夜の腕を、とっさに永泰がつかんできた。

「なぁ、おまえからもそのことを一位様たちに説明してくれよ…！」

すがるように見てきた顔に、朔夜は眉をよせる。

正直なところ、どの面下げて、とは思った。

幼い頃、父親のことで朔夜をあげつらった筆頭がこの二人だ。同じような立場だったことで、顔を合わせる機会も多く、ライバル心もあったのだろう。将来、同じ場所で、同じような立場に立つことがわかっていただけに、少しでも優位に立ちたいという気持ちもあったのかもしれない。

「俺が知ってることでならな。あいにく、おまえらについて弁明してやれるほど、親しくはなかったはずだが？」

腕を振り払い、無造作に言い捨てた朔夜に、永泰が憎々しげに歯を食いしばる。

「どうせ…、おまえにとっちゃ、俺たちはいない方が都合がいいだろうからな！　あとは好き放題できるんだ。……ああ、気に入った巫女を手当たり次第、床に引っ張りこむことだってなっ」

当てこするように言われた言葉に、一瞬、頭に血が上る。

父はそんなことはしなかった。だが今の自分の素行では、そう言われても仕方がないのだ。

そんな悔しさとやるせなさに、胸が苦しくなる。

それでも深く息を吸いこみ、朔夜はようやく気持ちを抑えた。

昔はすぐに手が出ていたものだが、少しは成長したということか。あるいは、今のこの二人との立場の違いなのか。

少なくともこいつらから「様」をつけて呼ばれる今の身分の違いと、父親が罪人だという二人の立場の弱さ。そこから来る余裕、だ。

……もっとも、偉そうなことを言えるほどの仕事を、自分は何もしていないわけだが。

そのことがやはり後ろめたく、歯がゆく、強気には出られない。

代わりに、ふん、と鼻を鳴らした。

「別に巫女に手を出す必要はないさ。女には不自由してないんでね」

露悪的にそれだけ言い放つと、朔夜はさっさと二人から離れた。

「どうせ、あいつにはまともな仕事なんてできやしないさ…！」

そんな押し殺した声が背中から小さく聞こえてくる。

朔夜は無意識に拳を握った。

実際に…、本当に、何一つ、建設的なことができないのが腹立たしい。そんな自分が。

結局自分は……父親の評判をさらに落としただけだったのだ。暴れまわる代わりに、もっとしておくべきことはあったはずなのに。

後悔といらだちで、本当にむしゃくしゃした。

守善のところへ行く気がうせる。頭の中のごちゃごちゃとした思いを、すべて忘れたかった。

朔夜は中宮を突っ切るようにして別の門から外宮へ抜け、そのまま王宮を出て街へ向う。

相場は決まっていた。酒と女、だ。

王宮の中でさえ目立つ髪と衣装に、すれ違う官吏たちが、えっ？　というように振り返って二度見してきた――。

◇　　◇

「あの、黒江さん。先ほどはありがとうございました」

とりあえず顔合わせを終え、黒江に案内されて神殿内をまわりながら、リクは思い出したように礼を言った。

一応、初顔合わせでもあったので、きちんと？　人間の姿をとっていたが、広い神殿内の移動はちょっと大変そうだ。

「朔夜様をやる気にさせていただいて。ホッとしました」

丁寧に言いながらも、少しばかり気弱に、本心がこぼれ落ちる。

いいえ、とそれに黒江が微笑んだ。

「ただすぐに逃げられないようにしたくらいで、とてもやる気になったとは思えませんが。あとはリクさんのやり方次第だと思いますよ。朔夜様の補佐はなかなか大変そうですけど」

苦笑するように言われ、そうですよね…、と思わず肩を落としてしまう。そして、思い出したように言った。

「あの、呼び捨てで大丈夫です。多分、僕の方が年下だし」

「あ…、でも、蒼枇様の守護獣ですから」

「それを言えば、ゲイルさん？　だって。高視様の守護獣なんですよね」

端で見ていても、黒江はかなりズケズケとゲイルに対してものを言っている。今も、ゲイルには先に下りて、荷物の移動を手伝うようにピシパシと言いつけていたのだ。

主からゲイルに、黒江の指示に従うように、という命令が出ているのだろうが、それにしても遠慮がない。

ああ…、と黒江がわずかに目を見開いて、ちょっと咳《せき》払いした。

「ええと…、その、ゲイルとはもう長いつきあいですから。……あ、こちらが書字室です。奥の方が薬剤室ですね」

三階に下りてきた時、ざっくりと説明される。

ちらっとのぞくと、中では数人が机に向かって何か熱心に書いているのが見えた。広い部屋だったが、今使われているのはその四分の一にも満たない。さすがに淋《さび》しい様子だ。

「日常の業務はだいたい一階か二階で行われています。祭司様たちの控え室も一階ですし。そうだ、あとで宿舎の方にも案内しますね。西側の建物になります。私たちも、今はそちらに。東の方は月読みの巫女様たちの宿舎になりますので、むやみに立ち入るとまずいです。リクさん…、リクだと簡単に行けそうだけど」

呼び方が変わると、少しばかり言葉遣いも馴染んだものになる。

小さく笑って、冗談交じりに言われたが、確かに巫女様たちの寝所にふらふら入ってしまうと問題だろう。うっかり窓から飛びこまないように気をつけなければならない。

「でもリクのフクロウ姿はとても可愛《かわい》らしかったから…、案外、歓迎されるのかも」

小さく笑って言われ、リクは首を振った。

「そんな…。フクロウなんて、たいした役にも立たないし。クマの守護獣なんかはすごく強くて、やっぱりいいなー、と思うけど」

自分にできることを、と思って、必死に勉強はしてきたけど、やはり大型獣のもつ圧倒的な強さやしなやかさには憧《あこが》れる。トラや豹などはきれいで、存在感があって。鳥にしても、せめて鷹とか鷲とかならもっと主の役に立てたのかもしれないけど。

あるいは、主人の心を慰める、という意味なら、ネコやリスなどの方がずっといい。

本来フクロウが役に立つことと言えば、夜の見張りくらいだ。今のような昼間だと、がんばってはいるけど、やっぱり時々眠くなってしまう。途中で意識が飛び、仮眠が必要になる。

他のつきあう人間たちともペースが合わなくて、結局一人でいることが多いのだ。

そんなリクを、蒼枇だけはいつも優しく迎えてくれた。昼間でも、懐《ふところ》や膝《ひざ》の上に抱いて眠らせてくれる。優しく頭を撫でてくれる。

蒼枇が、ある意味、王宮の中で敬遠されているのは知っているけれど、リクは主のことが大好きだった。

リクが蒼枇に拾われたのは、ほんのヒナの頃だ。

古い大木のうろにあった巣から転げ落ちていたリクを、通りかかった蒼枇が拾ってくれたのだ。

自分の不注意で転げ落ちたのか、あるいは——親か兄弟か、誰かに蹴落とされたのか。なにぶんまだ小さく、記憶ははっきりとしなかった。

ただ何となく、その頃のことを思い出そうとすると、ぎゅっと胸が苦しくなる。多分、他の兄弟たちと比べて、エサも少なかったように思う。

何となく、母親も感じていたのかもしれないな…、という気がした。

リクが他の兄弟たちとはどこか違っていたことを。

守護獣、だったのだ。

人に姿を変えられるようになったのは、もっとずっと大きくなってからのことだったけれど、蒼枇は拾ってくれた時からわかっていたのかもしれない。

守護獣というのは突然変異のようなもので、大きく育っていくにつれ、徐々にその能力が表れてくるようだ。

だが仲間たちの中で、群れの中で、自分だけが守護獣であるということは、幸せなことではない。爪弾《つまはじ》きにされることも多く、自分のその特異性を隠して、普通の種として一生を終える動物も多いようだった。

主に巡り会うことがなければ、守護獣の寿命はその種の寿命と変わらないという。むしろ、少し早く死ぬことの方が多いくらいで。

かといって、群れを離れてもよい主と巡り会えるとは限らない。あせって、相手を確かめず、悪い主人に当たると、やはり寿命も、心もすり減らしてしまう。

だからリクは、とても運がよかったのだ。

蒼枇は、リクを拾ってからずっと、飛べるようになるまで一緒にいてくれた。自分の手からエサを食べさせてくれて、懐に入れて、どこへでも一緒に連れて行ってくれた。

ただ最近は、蒼枇の仕事の都合もあって、なかなか一緒にいられる時間は少なくなっていたけど。

――邪魔になったんじゃないだろうか……。

そんな不安がふっと胸をよぎって、苦しくなる時がある。

もう、自分を育てることに飽きたんじゃないだろうか……。

今は特にいそがしくしているが、蒼枇は常に数匹の動物を調教している。きちんと躾《しつ》け直し、新しい主に引き渡す時もあるし、主が見つけられない場合は、自分が主となる場合もある。

守護獣にとって主は一人だけだが、主は複数の守護獣を持つことが可能だった。

ただ、主から与えられる「愛情」や「信頼」が守護獣たちの命の糧であり、栄養となり、寿命を延ばしていくので、その愛情を分けるということは、守護獣にとってあまりうれしいことではない。

そのため、それほどたくさんの守護獣を一人が抱えるということは、普通はない。

もちろん守護獣自身の力の大きさもさまざまなので、ネズミなどの小動物であれば複数単位が普通ということもあるし、一位様のように、ペガサスの強大な力に守られているような場合だと、自分の力を増幅して、また別の守護獣を持つこともある。

ただやはり多くの場合、守護獣は一匹だけ、という主が多かった。

蒼枇の仕事上、それが不可能だということはわかっていたけど、やはり少し淋しい気がするのだ。

蒼枇は、自分だけの主ではない。

……結局のところ、自分もたまたま拾ってもらっただけで、自分が主のために何か役に立っているわけではないのだ。本当に簡単な書類仕事を手伝ったり、資料調べをしたりと、別に誰にでもできるようなことだけで。

やはりクマの守護獣くらいになると、できることも多いんだろうな、と思う。

こっそりとため息をついたリクだったが、黒江はあっさりと言った。

「クマもケンカっ早くて、めんどくさいことも多いけどね。……あ、ゲイルは特に食いしん坊で、お腹《なか》を空《す》かせるとうるさいし」

あー、と思わずリクはうなずいてしまう。何か、納得できる気がする。

クスクスと笑った黒江が、ふと気づいたように窓の向こうの塔を指さした。

「あちらの、東の塔では天文や気象関係の研究をしているみたいだよ。学者気質の方が多いから、今回の騒ぎに関わっていた方もいなかったようだし」

なるほど、とリクはうなずく。

塔の上からだと星もきれいに見られそうだ。一度、行ってみたいな、と思う。

「でも、朔夜様はどうしてあんなにやる気がないんでしょう…？」

さらに階段を下りながら、リクは何気ない、そんな言葉をこぼしていた。

髪はともかく、祭主の立場であの派手派手な衣装はどうかと思う。あからさまに神宮に反抗しているようにしか見えない。いい年をして、ずいぶんと子供っぽいが。

それに黒江がちょっと考えてから、小さくつぶやくように言った。

「お父様《とうさま》のこともあるからじゃないかな」

「お父様…？　前の朔夜様ですか？」

首をかしげて尋ねたリクに、そう、と黒江がうなずく。

「二十年も罪のないことで、ずっと悪く噂されていたようだから」

言葉少なだったが、黒江が短くそのことを教えてくれる。

「そうなんですね…」

気持ちはわかる。リクだって、主のことを悪く言われているのは腹が立つのだ。

リクも小さくうなずいたが、それにしても……何と言うか、往生際が悪い、というのか。

あとを継いで「朔夜」になったのなら、腹を決めてきっちりと仕事はしろよ、と思う。

それが父親に対する礼儀でもあるはずだ。

ようやく一階まで下りると、広大な大拝殿を入り口からちらっとのぞいてみた。この部分だけ、最上階までの吹き抜けになっており、吸いこまれるように天井が高い。

朔夜の執務室は五階にあるわけで、やっぱり本体のフクロウの方が移動は楽そうだな…、と内心で思ってしまう。とはいえ、人間になった時、神殿内を裸でいるわけにはいかないので、やはり二本の足で階段を歩くしかないのだろう。

いったん神殿の外へ出て、くっついている脇の建物へと入り直す。黒江が奥まった部屋の一つをのぞきこみ、中の人間に声をかけているようだ。

どうやら神官――祭司たちの控え室のようで、出てきたのも祭司の一人だろう。リクも着ている、灰色のローブ姿だ。

とはいえ、リクは神官ではないので、ふだんは自分の服でいいよ、と言われていた。今日は飛んできたので、身のまわりの服や手荷物はあとで運んでくれることになっている。

「こちらが柊さんです」

紹介され、リクはあわててぺこりと頭を下げた。

「よろしくお願いしますっ」

三十前だろうか。朔夜と同じくらいだが、もっとずっと落ち着いた印象の人だった。理知的で信頼できそうな雰囲気だ。

まっすぐに長めの髪を、上の方で一つにまとめている。今まですれ違った祭司たちは、髪の長い人は男女とも、みんな同じ髪型だった。当然、同じ制服を身につけているので、後ろからだと間違えそうだ。

気をつけないとな、と頭の中で注意事項に入れておく。

……朔夜だけは、どこにいても絶対に間違えそうにないけど。

そういう意味だけでは、あの姿はありがたい。

と、そこに入れ替わりのように別の祭司が控え室に入っていこうとして、その前でたまっているリクたちをちょっと怪訝な目で眺めながらも、軽く頭を下げる。

「あ、紹介しておきますね。青桐《あおぎり》さんです」

と、柊が呼び止めて、リクたちに紹介した。

柊より少し年上で、三十過ぎというくらいだろうか。腰が低く、生真面目そうな、優しげな印象の男だ。

もっとも祭司というのは、朔夜みたいなのがきわめて特殊なだけで、基本的には穏やかな人が多いはずなのだが。

「黒江さんはご存じですよね？　こちらがリクさんです」

「ああ、あなたが」

紹介されて、男が大きくうなずいた。

どうやら、リクが来る、ということは聞いていたのか。

「朔夜様のお世話は大変そうですねぇ…」

「そうなんですね…」

そして同情するような眼差しで言われ、思わず引きつった笑みを浮かべてしまう。

下で働いている祭司から見てもそうなのか、と。

確かに、いかにも扱いづらそうな上司だ。

「あ、宿舎にお部屋の方、用意しておきましたよ。そういえば先ほど、従者の方がお荷物を運んで来られてましたから、そちらにお入れしておきました」

「すみません。ありがとうございます」

しかし思い出したように言われ、リクはあわてて礼を言う。

「青桐さんはこちらでの生活全般を取り仕切っている方ですよ」

柊が横から説明した。

「日常のことで何か不便があれば、おっしゃってください。そうだ、食べ物は大丈夫ですか？　苦手なものがあれば、料理人に伝えておきますが」

親切に聞かれ、リクは首を振る。

「あ、僕は雑食ですから。大丈夫です」

「いいことですね」

と小さく笑い、それではまたのちほど、と青桐が頭を下げて控え室へ入っていく。

「上で話しましょう」

と、柊が案内して一つ上の階に上がると、どうやらそこは祭司たちの執務室のようだった。

大部屋ではなく、個人の部屋になっている。

何人か気づいた者たちが窓越しに顔を上げ、リクも軽く会釈していく。

柊の執務室はそこそこの広さもあり、人柄を表すようにすっきりと片づいていた。

楕円《だえん》のテーブルを囲んですわった黒江とリクに、お茶を出してくれる。香りのよいハーブティーだ。

神殿でつくっているらしい。

無駄なく、有能そうな人で、さっそく今後の相談に入った。

……肝心の朔夜抜きで、とは思ったが、あの男を当てにしても仕方がない。

「とにかく、今いる人数で仕事の割り振りを見直しましょう」

そう切り出した柊に、黒江が軽く指を上げて質問を挟んだ。

「新しい神官の補充というのは頼めないのですか?」

「……難しいでしょうね」

それに、わずかに眉間《みけん》に皺《しわ》をよせるように柊が答える。

「新しい人員を入れるとしたら、この先、神宮庁をどういう体制で存続させるか、ということが決まってからでしょう。二カ月後の会議のあとですね。それに、神官というのはやはり特別な業務になりますから…、普通の事務とは少し違います。本人の希望があり、適性があり、それをクリアして入ってきても、こんな環境ですから長く続かない人も多いですし。合えば、数十年と続くのですけど」

自分みたいに、と言いたげに、柊が苦笑する。

「それに、仕事を覚えてもらうまでに時間がかかりますから。今はその教える人員を割く余裕がないですね」

テキパキと、さすがにキャリアの長さを感じさせる的確な説明に、なるほど、とうなずくしかない。

「では、……とりあえず、仕事内容を絞りましょうか。優先順位をつけて、どうしても必要なことから手をまわすように」

「そうですね」

黒江の言葉に柊も同意する。そして思い出したようにつけ足した。

「ああ…、それと、天満様、初魄様のご子息からの聞き取り調査をこちらでもしておかなければいけないはずです。嫡子《ちゃくし》だけでなく、他のご兄弟も」

それはつまり、嫡子が不適格だった場合、次に回せるかどうか、ということだろうか？

ああ…、と少しばかり難しい顔で黒江が嘆息した。

「お屋敷の方の捜索は近衛兵の方で行っているんですよね？　そちらからの報告も上がってくるとは思いますが」

「お二方の神殿内の執務室も一応調べて、とりあえず今は封鎖していますが、そちらももう一度、きちんとした調査が必要でしょう」

二人の間のそんなきな臭い会話に、知らずリクもドキドキする。

柊が紙の上に業務を書き出していくのを眺めながら、リクは小さく尋ねた。

「神宮の体制というのは、やはり大きく変わるんでしょうか？」

何というか、ことは神様に関わることだ。三千年の昔から、それほど劇的に変わるようなことは、今までなかったはずだった。

古式ゆかしく、粛々《しゅくしゅく》と儀式なども受け継がれてきたんじゃないかと思う。

「どうでしょう？　そのあたりの再建案も、朔夜様次第なのかもしれませんが」

顔は上げないまま、さらりと柊が答える。

それを期待しているのか、いないのかも読めない。

「千弦様はある程度の改革を望んでいらっしゃるんじゃないかと思いますけど」

黒江が少し考えるようにして口を開いた。

「とりあえず朔夜様に処理を任せたということは、おそらくそうなのでしょうね。もとの体制にもどすだけなら、もっと事務能力のある方はたくさんいますから」

柊がやはり淡々と口にする。聞きようによっては、かなり容赦がない。

「でも…、朔夜様からそんな案が出てくるんでしょうか？」

リクは思わずつぶやいてしまった。

あの様子では、朔夜が神宮に何らかの展望を持っているようにはとても見えない。

と、その瞬間、ふっと手を止めて顔を上げた柊と、そして黒江も、ほとんど同時にじっとリクを見つめてくる。

「えっ…？」

あせって、リクは思わずピキッと背筋を伸ばしてしまった。

……何か変なことを言っただろうか？

とちょっと不安になる。

「それを出させるのが、リクの今度の務めなんじゃないかな」

しかし小さく微笑むように黒江に指摘され、あっ、と思った。

そうか。そういうことか…、と。

そうだよな、と、あらためてリクは気持ちを引き締める。

朔夜の尻《しり》をたたいて仕事をさせなければならないのだ。

「あの方のお守りは大変だと思いますが」

柊がさらりと言ってから、口元でちらっと笑ってつけ足した。

「でももちろん、それ以外の仕事もお手伝いいただきますよ。なにしろあなたは、飛ぶ百科事典だそうですから。期待していますす」

「えっ？」

そんな言葉に、また変なところから声が飛び出してしまう。

どうやら思いの外《ほか》、柊は人使い――フクロウ使いも荒そうだった。


最初が肝心だ。

よし、と気合いを入れて、翌朝、リクは与えられた宿舎の部屋の窓から、パタパタと飛び立った。

フクロウ本体の姿だ。

机の上の事務仕事であれば、当然人間の姿でなければ仕事にならないわけだが、とりあえず今の用事はフクロウで片づく。というか、フクロウの方が楽だ。身体が小さい分、小回りもきくし、相手の攻撃も避けやすい。

昨日はうかうかと頭をつかまれ、ぶん投げられてしまったが、あれはあまりに突然過ぎて、まさかあんな目にあうとは思ってもいなかったので油断していただけなのだ。

二度とあんな無様な姿は見せないぞっ、と決意も固く、リクが窓際に降り立ったのは、同じ神殿の敷地にある、一軒の家だった。

三人の祭主たちは、それぞれ貴族にふさわしい大きな館《やかた》を都下に持っている。そこに家族と暮らしているわけで、ふだんはそこから神殿に通ってきている。結構な距離だとは思うが、馬車を使えばそれほど不自由でもないのだろう。

そしてそれとは別に、神殿の敷地内にやはり宿舎が構えられていた。

今、リクや黒江たちが使っている、寮のような祭司たち合同の宿舎ではなく、それぞれに一軒ずつ、きちんと専用の館があるのだ。もちろん本邸のような大きな屋敷ではないが、こぢんまりとした二階建ての一軒家である。

三人の祭主たちはひと月ずつの持ち回りで、誰か一人が必ず夜も神殿に詰める体制になっていたのだ。

そして現在の状況では、朔夜しかいない。

今までは、本当に何かの儀式など特別な用がある時にしか神殿には出てきていなかったようで、ぶつくさと文句を言いつつも、朔夜は神殿内の家に泊まっていた。

リクは当たりをつけた二階の窓から窓へちょろちょろと飛び移り、ようやく目的の部屋を見つける。

朔夜の寝室だ。南向きの、日当たりのよさそうな場所だった。

季節は夏。冬の長い北方では、誰もが一番心躍る時期である。

窓もわずかに透かしているようで、薄いカーテンが小さく揺れている。

リクはクチバシを使って器用に窓を大きく開くと、羽毛を押し潰すようにして身体を中へすべりこませた。

しばらく窓際に止まったまま、ちょっと興味深く部屋の中を見まわす。

意外と質素な室内だった。片隅にある大きめのベッドの他は、小さな椅子とテーブルしかない。それも、粗末な、というわけではないが、長年使い込まれた雰囲気のシンプルな造りだ。床の絨毯《じゅうたん》も落ち着いた色合いで、華美なところはない。

クマのゲイルが言うところの、極楽鳥な朔夜の寝室とは思えないほど、目に優しい。……まあ、そもそも清貧を目指すべき神官としては普通の部屋、と言えるのかもしれないが。

今、この部屋の中にある唯一の極彩色は、薄い掛け布団からわずかにはみ出している赤毛だけだ。

ともあれ、「仕事」である。

わずかに羽ばたいてその枕元《まくらもと》へ着地したリクは、ツンツンツン、と軽くその赤毛をつっついた。

「……んぁあぁ……？」

と、それこそこの男がクマみたいに低くうなると、わずかに身じろぎし、片手だけが布団から伸びてきて、追い払うように頭上でパタパタさせる。

それを軽く避けて、さらにツンツンつっついてやると、「何だよ…」と、目をしょぼしょぼとさせた不機嫌な顔がシーツからのぞいてくる。

『おはようございます。朝ですよ。起きてください』

パサパサッ、と羽を揺らし、リクは声をかけた。

朔夜は朝が遅く、起きてくるのがたいてい昼を過ぎている、という話を聞いていて、わざわざ起こしに来たのだった。

朝が遅いと、それだけ仕事がたまる。夕方だって、早々に仕事を放《ほう》り出し、遊びに出ていることもあるようなのだ。

まずは生活態度の改善。そこからである。

「何が…？」

しばらく状況が把握できないみたいに視線が漂い、それでも目をパチパチさせて、ようやくリクを認めたようだ。

「きさま…、今何時だと思ってる……？」

舌打ちしながら、どろどろと低い声でうめいた。

――こ、恐くないから…っ！

寝起きの細い目をさらにすがめて、じろりとにらまれ、小さくピクピクと翼のつけ根を震わせながらも、リクはなんとか踏ん張った。

『早起きは身体にいいんですよ。朔夜様は生活全般が不健康そうですし、そこから改善していかないと』

「やかましいっ！ 羽をむしって焼き鳥にされないうちにさっさとうせろっ」

ピシリと言ったリクに、鳥類の血が凍るような暴言を吐くと、朔夜は乱暴に掛け布団を引っ張り上げた。

『わっ！』

その勢いではね飛ばされ、いったんリクは空中で羽ばたく。

――ま、負けないから…っ！

それでも、フムッ…と息を吸いこんで腹に力をこめ、羽をいっぱいに膨らませると、再びリクは男の枕元に舞い降りた。

『起きてくださいっ。仕事はいっぱいたまってるんですからっ。ずっとサボってたんでしょうっ？』

再び赤毛をツンツンし、さらには、はみ出している毛をクチバシで思いきり引っ張るという攻撃に出てやる。

「クソ…っ、鶏《にわとり》か、きさまはっ。まだ夜明け前だろうがっ！」

さすがに無視して二度寝を決めこむことは不可能なようで、それでも朔夜は攻撃をかわそうと、布団を頭のてっぺんからかぶり直した。

そんな言い訳に、くるりとリクが顔を窓の方にまわすと、外はそろそろ薄日が差し、林の向こうはきれいな朝焼けに染まり始めている。

『もうお日様が昇るところです』

……というか、そもそもリクは夜行性なので、夜はずっと起きていたのだ。そして夜明けくらいの今の時間帯は、林の小鳥たちもにぎやかになり、リクにとっては絶好調の時間帯だった。

「それを夜明け前と言うんだっ！　ふざけんなよっ、くそフクロウがっ！」

おそろしく不機嫌な形相で怒鳴りながら布団をはねのけ、朔夜がガバッ…と上体を起こした。

どうやら寝る時は服を身につけない習慣のようで、いきなり目の前に見せつけられた男の裸に、リクは、わっ！　と瞬間、目を逸らした。

さすがにクマとケンカするだけあって、しっかりと筋肉の張った、たくましい体つきだ。男っぽくて、妙にドキドキしてしまう。

誰かの裸など、考えてみれば今まで主のくらいしか見たことがなかった。たまに蒼枇が一緒に風呂《ふろ》に入ってくれるのだが、本当にヒナの頃からの習慣だったから、あまり体つきなども意識したこともない。多分、もっときれいなラインで、こんな無骨さはなかった。

何というか…、むしろ朔夜の方が獣のような野生っぽさだ。

昔からケンカっ早かったのか、刃物や火傷《やけど》らしい傷跡がいくつか残っている。脇腹あたりのくっきりとした青痣は、昨日ゲイルにやられたところだろうか。

寝起きの髪の毛はボサボサで、乱れて顔にかかり、その隙間から低いうなり声が聞こえてきた。

「うせろっ！」

そしてリクを捕まえようとするみたいに、なかば寝ぼけ眼《まなこ》で朔夜が腕を振りまわしたが、今度はそう簡単に捕まらない。

リクは身軽に飛んで、からかうみたいにその手を避けた。

「あぁぁっ、クソ…ッ」

いらだたしげに吐き出し、くっ、と悔しそうにベッドの上からにらみつけてくる男の顔がちょっと楽しい。

ふふん、とリクは鼻で笑った。

油断をしていなければ、図体がでかいだけの男に捕まるはずはないのだ。

『さあ、起きて準備をしてください。神殿なんですよ？　皆さん、朝は早いですし、早い方はもっと早くから起きてすでに仕事をなさっています。朝食だって、もう食べられるんですよ』

ピシパシと、リクは空中でホバリングしながら急《せ》かした。

未婚の神官たちはほとんどが神殿内の宿舎に暮らしているので、食事は食堂で出してもらえるようになっているのだ。

祭主ともなれば、専任で料理人を入れて、この館で好きなものを食べることもできるはずだが、朔夜はふらりと食堂に来て、勝手に食べていくことがある、と聞いていた。

まあ、いちいち料理人を入れるのも面倒なのだろう。仕事をサボりがちであれば食事も不規則で、あるいは夜は、外で食べることもあるはずだ。

「きさま……」

ここまでくるとさすがに目が覚めたようにベッドの上で胡座《あぐら》をかき、朔夜が物騒な目つきでリクをにらんできた。

しかし、きっちりと腕の届く距離からは遠ざかっている。

――恐くないしっ。

パタパタと羽を揺らしながらにんまりと笑うと、リクはテキパキと言った。

『またすぐに迎えに来ますから。仕事もちゃんと用意してます。着替えてってくださいね』

実際、ゆうべは徹夜で、朔夜のやるべき仕事を準備していたのだ。……まあ、徹夜なのがリクにとっては通常とも言える。

朔夜は喉の奥で獰猛にうなるだけだったが、リクは言うことだけ言うと、さっさともと来た窓から飛び立った。

いったん宿舎の自室にもどり、用意しておいた桶《おけ》の中でパシャパシャと水浴びをする。

やっぱり朝の水浴びはさわやかで気持ちがいい。夜のお風呂も大好きだった。とにかく水浴びの、羽が水を弾く感覚が好きなのだ。

さっぱりとしたきれいな身体で人間の姿になる。髪を乾かしながら服を着替えるが、やはり服を着なくちゃいけないのはちょっとめんどくさいな、と思ってしまう。まあ、着てないとちょっと肌寒いのだけど。

昨日は届いていた荷物を解き、少ない服と身のまわりのものも片付けたところだった。

そして身支度を調えると、あらためて今度は徒歩で、朔夜の館へ向かった。

やはり朝の空気は新鮮で心地よい。すれ違う神官や、下働きの人たちに挨拶しながら到着すると、今度はきちんと玄関口をノックした。

使用人も数人はいるらしく、ちょっと驚いたように迎えてくれる。こんなに早くから朔夜を訪ねる人間は、めったにいないのだろう。……いや、そもそも朔夜を気安く訪ねる人間自体がいないのかもしれない。

よほどの問題が起きたのか、と顔色を変えていたが。

「朔夜様をお迎えに上がりました。もう起きてらっしゃると思いますから」

と、にこにこ告げる。

「あ……ああ…、はい、そうですか。……ええと、その……」

具合が悪そうに、使用人の男がちらちらと二階を見上げる。

「あ、僕がお迎えに行きますね」

どうやら寝起きが悪いのが朔夜の基本らしく、起こしに行きたくないのだろう。

視線を漂わせ、いかにも腰の引けている相手にリクは快活に告げると、さっさと中へ足を踏み入れた。もちろん場所もわかっている。

寝室もそうだったが、この館の中も飾り気がなく、いかにも神官、という、慎《つつ》ましい佇《たたず》まいだ。やはり朔夜のイメージと合わないが、おそらく父親の気質を反映しているのだろう。

あらぬ疑いをかけられていたらしいが、質実剛健そうな人柄が偲《しの》ばれる。

「――えっ？　あの…っ、ちょっと…！」

とっとっと軽快に二階への階段を上り始めたリクに、あせったように背中から男が声をかけた時だった。

その階段の上からいかにも不機嫌そうな顔で、ガシガシと跳ねまわった赤毛を掻きながら朔夜がぬっと姿を現したのだ。とりあえず、着替えてもいるようだ。

まだ少し頭がまわっていなかったのが、いつもより少し色合いが控えめな気がする。

リクの姿に目をとめて、じろりとにらんできた。ふん、と言葉はなく、リクの姿も見えていないように、あくびをしながらのっそりと階段をおりてくる。

「さ…、朔夜様……」

リクの後ろで、男が驚いたように目を見開いてつぶやいた。こんな時間に起きてきたことがなかったのだろう。

朔夜にしても、あのクチバシ攻撃がこたえたのか、いちいち追い払うのがめんどくさくなったのか。

「……飯、食ってからだぞ」

ぶつぶつとうなるように言うと、リクの横を通り過ぎて大儀そうに戸口に向かう。

「あ、僕もまだ食べてないですから」

リクもあわててくるりと向きを変え、あとを追った。

だるそうに身体を動かす朔夜について館を出ると、食堂に向かって歩き出す。

「あの…、いってらっしゃいませ……」

どこか呆然とつぶやくように、背中で男の送り出す声がした。

食堂へ向かう途中でも、すれ違った者たちがいくぶんギョッとしたように朔夜を眺め、食堂の中へ入ると、期せずして、おおおっ、というどよめきが起こる。

ふだん、どれだけいいかげんな生活なんだ…、とリクとしてはあきれてしまうが。

しかし表面上は笑顔を絶やさず、リクは顔と名前を確かめるようにしながら、神官たちに挨拶をしていく。

一方、朔夜は無愛想なまま、礼儀上挨拶してくる者たちも、ほとんど無視する感じだった。

徐々に食堂に入ってくる者たちも増えてきて、一様に朔夜の姿にギョッとしたように、一瞬、口をつぐむ。

「あ、おはようございます」

と、そんな中、軽やかにかかった声に顔を上げると、黒江とゲイルが連れだって姿を見せていた。

ゲイルも人間の姿で、相変わらず無精ヒゲの目立つ、いささかむさ苦しい様子だ。朔夜と似たり寄ったり、というところかもしれない。

朔夜とゲイルが一瞬、視線を合わせるが、おたがいに、つーん、とそっぽを向く。

「ここ、かまいませんか？」

そんな様子に苦笑しながら黒江に聞かれ、朔夜が何か言う前に、どうぞどうぞ、とリクはむかいの席を勧めた。

「今朝は朔夜様、ずいぶんと早いお出ましなのですね」

手にしていた朝食の皿をテーブルにおきながら、黒江が朗らかに言った。

嫌みや皮肉のつもりでもないのだろうが、ピクッ、と朔夜のこめかみあたりが引きつる。

それでも、まぁな…、とだけ、むっつり返した。

「さっそく、リクの影響でしょうか？」

クスクスと笑って言われ、朔夜がさらに不機嫌になる前に、いくぶんあわててリクは明るく声を上げた。

「あ、神殿の食事って意外においしいんですね。びっくりしました」

魚と野菜の煮込みシチューだったが、ダシもしっかりと出ていて、質素なわりにおいしく、腹にもたまる。

「そうなんですよ。野菜なんかは神殿の畑で作っているようですけど、やはり料理人がいいんでしょうね」

黒江が微笑む。

その横で、ゲイルが無言のまま、ガツガツとシチューを平らげていた。スープ皿がみるみる前に積み上がっていく。

「大飯ぐらいが…」

チッ、と舌を打って、聞こえよがしに朔夜が言った。

それにゲイルが、ふふん、と鼻を鳴らす。

「やっぱり、きっちりと仕事してると腹は減るからなー。しっかり食って、今日も一日、真面目に仕事しねーとなー」

やはり聞こえよがしに、顔はあらぬ方を向いたまま、ゲイルが返している。

ぐっ…、と朔夜が低くうなった。

やはりクマの方が一枚上手だ。

「その言葉、しっかりと聞きましたからね」

しかし黒江が澄ました顔でさらりと言うと、ゲイルが、えっ？　という顔で黒江を眺めている。

「今日は一日、思いきり働いてもらいますから」

「えええ…っ？」

くりっと目を丸くしてあせったゲイルに、朔夜がにやにやと笑っている。

「さあ、じゃ、さっそく仕事にとりかかりましょう、朔夜様」

リクはことさら明るく言うと、新たな乱闘騒ぎが起きる前に、さっさと撤退させることにした。

執務室まで上がり、どさっ、どさっ、どさっ、と大きな机の上に書類の山を作っていく。

「昨日、黒江さんや柊さんと相談したところ、とりあえず朔夜様には三つのことをしていただきたいと意見がまとまりました」

おもしろくなさそうに、仏頂面で椅子に身体を投げ出していた朔夜に、リクはテキパキと言った。

「三つでいいのか？」

やる気なさげに机に頬杖《ほおづえ》をつき、それでも怪訝《けげん》そうに朔夜が聞き返す。

「三方面のこと、という意味です。三回署名して終わりじゃないですよ？」

あきれたように説明したリクに、なんだ…、というように、朔夜が椅子にもたれ直した。いかにも態度が悪い。

が、かまわずリクは続けた。

「まずは、現在の神宮の人員で仕事が回せるように、作業内容の見直しです。専門職の方が多いようですから、なかなか難しいところなんですが。一応、大雑把《おおざっぱ》なところを柊さんに見ていただきましたので、朔夜様には承認をいただきたいのです。それと、朔夜様に神殿での仕事を把握していただくために、各部署の視察をしていただきます。それこそ手が足りていませんので、それが終わったら、朔夜様にもできる作業を手伝っていただきますから」

「なんだと――？」

断定的な物言いに朔夜が噛みついたが、かまわずリクは先を続けた。

「二つめは、天満様、初魄様のご家族への聴取です。こちらは、他の庁との連携もありますので、そちらと調整した上で、朔夜様ご自身にしていただかないと」

リクの指摘に、朔夜がわずかに眉をよせ、あぁ…、とため息をつくようにつぶやいた。

「そちらの報告書と意見書の作成も。……そちらは、必要でしたらお手伝いします。口頭で伝えていただければ、僕がまとめてもいいですし」

そうつけ足したが、朔夜は無表情に、何か考えるように腕を組んで黙ったままで、リクは少し怪訝に思いながらも先を続けた。

「三つめは、朔夜様ご自身が神宮庁をこの先どうしたいのか、その考えをお聞かせください。どういう体制にしたいのか、あるいはどういう存在にしていきたいのか。これを機に介入したい勢力もあるようですし、分割か縮小しようという動きもあるみたいです。神宮の存在意義が問われている時ですから、もし、次の天満様や初魄様に推薦されたい方がいるのでしたら、そちらも考えを出しておくといいと思いますよ」

リクとしては、朔夜がわかりやすく、やりやすそうな形でまとめたつもりだった。とりあえず、この三点を押さえておけば、例の会議もなんとかなるか、という感じだ。

リクの説明に、朔夜が口元に皮肉な笑みを浮かべる。

「神宮をどうしたいかねぇ…。俺としちゃ、ちゃっちゃっと解散させてもいいんじゃねぇかと思うがな。今までだって、ろくなことしてなかったわけだろ?」

そんないいかげんな言葉に、リクはふつふつと噴き出してきた怒りをなんとか押しこめた。

要するに、ただ仕事をしたくないだけなのだ。最低だ。

「……必要ないと思われるのでしたら、それでも結構です。朔夜様のお考えですから。それを意見書の形でまとめてください」

「一行で終わるな」

冷ややかに言ったリクに、男がへらっと笑ってみせる。

「それならそれで結構ですけど、その文書は先の会議の際、一位様を始め、大臣方が考慮の参考にされるものです。ご自分の無能さといいかげんさをさらけ出したいのでしたら、どうぞご勝手に」

辛辣《しんらつ》なリクの指摘に、さすがに体裁が悪いように顔を背けた。

「……だから俺がそんなこと考えてもムダだって言ってんだろ。俺の言うことに聞く耳をもつヤツはいねぇよ」

だらしなく頬杖をついて投げ出すように言った男に、ついにリクはプチッと切れた。

「何のための頭ですか！　ちゃんと考えてから言ってくださいっ！　それともゲイルが言ったみたいに、その赤い中身はカラッカラなんですかっ？」

思わず腹の底からわめいていた。

「な…、誰の頭がカラッカラだと!?」

バン、と机に両手をたたきつけて立ち上がり、朔夜が目を吊り上げて怒鳴り返す。

「まったくいつまでもグズグズグスグズとっ。子供じゃないんですから、いつまでも拗《す》ねてるだけじゃ何も進まないことくらいわかるでしょう！　やることもやらないで何を寝ぼけたこと言ってるんですかっ。聞く耳をもつ人がいないのなら、もたせるようにしたらいいじゃないですかっ。そんなセリフは自分のやるべきことをきっちりとやってから言いなさいっ！」

一気にまくし立てるように言い放ち、ゼーゼーと荒い息をついたリクを、朔夜がちょっとあぜんとした顔で眺めてくる。

それでもハッとしたように視線を逸らし、どさりと椅子にすわり直しながら、口の中でもごもごと言った。

「……こんな、何もかもいっぺんにできるわけねぇだろ」

「一つずつコツコツと片付けていけば、いつかは終わります」

すわった目で淡々と言うと、朔夜がふて腐れたような顔で低くうなる。

「こちらからお願いします」

かまわず、リクは書類の山から一番上の書類をとると、朔夜の目の前にスッと差し出した。

朔夜がそれをちらっと眺め、そしてそれこそ子供が様子をうかがうみたいにリクの顔をちろっと見上げてから、のろのろとペンを取った。

「今日はゲイルさんも一生懸命仕事をしてると思いますよ？　少しは言い返せるくらい、朔夜様も仕事、してくださいよ」

　そんなふうにハッパをかけると、ようやくむすっとした顔で書類に目を通し始める。

　それを横目に、リクは隣の部屋から椅子を一つ運んでくると、朔夜のはす向かいにちょこんと腰を下ろした。

「見張ってるつもりかよ？」

　うん？　と不機嫌に聞かれたが、リクはあっさりと返した。

「僕もここで仕事をするんです。机、広いし。おたがいに何か聞きたいことがあったら、すぐに聞けるし。相談できるし。効率的でしょう」

　そして、あ、と思いついて付け加える。

「何か質問があったら、いつでも聞いてくださいよ。わからないまま、適当に進められても困りますから」

　そんな言葉に、ふん、と朔夜が鼻を鳴らした。

「おまえだって神宮にくわしいわけじゃねぇだろ」

「だからいいんでしょ。おたがいにわからないところを聞き合いながら進めるんです。朔夜様の方が長い分、ちょっとは知ってることもあるでしょうし。僕は毎日勉強してますし」

「ちょっとは、ってなんだ…」

不満げに朔夜が小さくうめいたが、無視してリクは続けた。

「朔夜様も他の方に聞くより、僕の方が聞きやすいんじゃないですか？　今さら聞けないこともあるでしょうし。ていうか、祭主様の立場としては、あんまり他の神官の方々に勉強不足を露呈するのも恥ずかしいでしょうしね」

にんまりと笑って、いくぶん意地悪く言ってやると、朔夜がすわった目でにらんでくる。

「きさま…」

「僕に答えられないことでしたら、僕から他の方に聞いてみますから。本当に新参の僕にだったら、他の方々も細かく教えてくれそうですし」

というか、朔夜が聞いてもきちんと教えてくれるはずなのだが、おそらく少しばかり恐がっているところもあるのだろう。

なにしろ、近寄りがたい男だから。……思いきり悪い意味で、だ。

巫女たちや下働きの女の子たちは、うっかりすればとって食われるくらいの印象を持ってそうだ。いかにも自業自得なのだが、赤い髪が攻撃的に見えるせいもあるのかもしれない。

リクにしてみれば、ゲイルが「極楽鳥」などと呼んでいたせいか、ちょっとばかり親近感がなくもなかった。むしろ朔夜の方が、どことなく人に馴れない野生の動物っぽい気もする。

リク自身、どちらかと言えば人見知りなのだが――だから図書館にこもりがちなのだが――今回は人見知りするような余裕もなかった、と言える。なにしろ、いきなり投げ飛ばされたのだ。

そして、とっとと帰るためにはこの男に仕事をさせなければならないし、実際のところ、蒼枇の面目を潰さないくらいの成果は出したかった。

ピシピシと揺るぎなく言ったリクを、朔夜が何か探るようにじっと眺めてきて、そして、わかったよ、とぶっきらぼうに返してくる。

そして、頰杖をついたいささか悪い姿勢ながら、書類を手にとった。

リクもそれを横目に、自分の仕事を始める。朔夜にしてもらわなければならない仕事をとりまとめることと、リク自身が手伝える雑務だ。リクや黒江は、手が回っていないところをあちこち手伝う形にしている。

「……奉献院て何だ?」

どのくらいたった頃か、朔夜がボソッと聞いてきた。

「神宮に寄進されたものを管理するところですよ。目録を作ったり、礼状を書いたり」

リクが答える。そのくらいであれば、神宮に来る前から頭に入っている。

「監正院てのは?」

ふーん、とうなった朔夜が重ねて尋ねた。

基本用語だっ、とつっこみたいところだが、いちいちそれをやっていれば先へ進まなさそうだった。

「各部署の監査を行う係です。ええと、経理とか運営とか？　地方の神宮とかにもまわって、そちらの監督や指導もします」

ほー…、とつぶやき、またしばらくして口を開いた。

「月読みの巫女は減らしてもいいだろ。どうせ祈るだけの仕事なんだし」

それだけ、と言ってしまうと語弊があるが。

「大事なお仕事ですよ。……まあでも、今の状態だと、月読みの任を解いて他へ回っていただいてもいいかもしれませんね」

確かに、もっと実務的な方に人員を割きたいところではある。

「そのあたり、とりあえず今は、朔夜様にきちんと文書にしてとは言いませんから、その横の隙間に思ったこと、書きこんでおいてください。あとで僕が拾ってまとめておきますから」

わかったのかどうなのか、んー…、とそれに鼻で答え、一応、カリカリと書き始めた。

……落書きとかじゃないといいけど。

信用なくそんなことを思いながら、リクも自分の仕事を進める。

「星読みか…」

と、しばらくしてそんなつぶやきが耳に入り、ふっとリクは顔を上げた。

「西の塔の方々ですよ」

「わかっとるわっ、そのくらい」

とりあえず説明すると、ギロッと横目ににらまれる。

「星を見たり、空を見たりしながら天候や災害を予測すんだろ。暦を作ったり。ああいう連中は他の仕事には回せないんだろうな…」

「そうでしょうね。専門的な知識と経験が必要な方々でしょうし。他へ回っていただいても、そちらの仕事が得意そうではありませんし」

ちょっと首をかしげて考えながら、リクも答えた。

どうやら、意外と真面目に書類に目を通していたらしい。

それから数時ばかりそんなやりとりを繰り返していたが、やがて疲れたように、あぁぁ…、と朔夜が大きく伸びをした。

「なぁ…、茶くらい出せよ。おまえ、補佐なんだろ?」

そして偉そうに言われ、ムッとしつつもリクは立ち上がった。

「そういう補佐じゃありませんけどね。淹《い》れてきてあげますよ。とく、べつ、にっ」

恩着せがましく返したものの、リクとしてもちょっと飲みたいところではある。

ひょっとしたら、誰かに頼めば持ってきてくれるのかもしれなかったが、とりあえずリクは自分で食堂まで出向き、トレイにお茶のセットを用意してもらって、再び上がってくる。

「おまちどうさまです」

言いながら部屋に入ると——。

朔夜の姿が消えていた。

一瞬、あれ？　と思い、次の瞬間、しまった、と気づく。

——逃げられた……。

◇　　◇

それから一週間ほど。

ひたすら、朔夜との攻防だった。

なだめすかせてなんとか仕事をさせようとするものの、あれやこれやと手を使って隙があれば逃げ出してしまう。

ふいに執務室から姿を消して行方がわからなくなったり、巫女にちょっかいをかけたり。夜も宿舎にはもどらず、花街へ遊びに出て、朝になってから酔っぱらって帰ってくることもある。それで二日酔いで撃沈し、執務官との打ち合わせをぶっちぎったり、一度設定した天満の息子への聴取の時間に現れず、やむを得ず延期したり。

補佐としてはいちいちそれらをフォローしなければならず、あちこちに頭を下げてあやまって、再調整を頼まなければならない。そして再調整したからといって、朔夜がそれを守ってくれるとも限らないのだ。

もうっ！　と、リクは本当に投げ出したくなった。

本来、自分には関係のないことで、こんなに必死にやっているのに、と思うと、ムダなことに時間を費やしているみたいで、悔しくて泣きそうになる。

ある日、とうとう我慢の限界を突破し、リクは朔夜に詰めよっていた。

バン、と両手で——人間の姿だったので——机をたたきつける。

「いいかげんにしてください！　どうしてそんなに自分勝手なんですかっ。こちらにも都合があるんですよっ」

「別にやってくれと俺が頼んだわけじゃない」

食ってかかったリクに、朔夜はだるそうに肩をすくめて言い放つ。そして首筋を撫でながら、あっさりと続けた。

「おまえだって、どうせ嫌々やってる仕事なんだろ？　おたがいさまだ」

そんな言葉に、リクは、あっ、と息を呑《の》んだ。

顔に出していたつもりはないが、……やっぱり態度に出てしまっていたのだろうか。

でも、仕方がないじゃないか、と思う。

好きでやってるわけじゃない。それは確かだ。自分だってこんなことは早く片付けて帰りたいというのが本心だ。

「だったらもう、あなたの好きにしてくださいっ」

そんな捨てゼリフで、リクはたまらずその場で本体にもどると、神殿を飛び出した。

そのまままっすぐに飛んで帰った先は——主のところしかない。

夕暮れ時の赤い空の下をいつにない全速力で飛び、王宮の奥宮へ入りこむ。複雑な建物を器用に横切り、馴染んだ窓が見えると、それだけで胸がいっぱいになる。

そして窓越しに何か読み物をしていた蒼枇の姿が見え、ホッとしたのと悔しいので、ぶわっ、と一気に涙が溢《あふ》れた。

いつもと同じ、穏やかな横顔だ。まっすぐな長い黒髪が顔の前にすべり落ち、指先でかき上げているのが涙ににじんで見える。

甘えたい時は、よく後ろからその髪をつんつんと引っ張ったりしていた。

『蒼枇様…っ』

我慢できず、リクは開いていた窓から飛びこんだ。

「――リク？」

蒼枇が気づいて腕の中に受け止めてくれる。その温《ぬく》もりにようやく安心した。

『もう…、もう無理です…っ。あの男は僕の手には負えませんっ』

腕の中で泣きじゃくるように訴えたリクの頭を、蒼枇が静かに撫でてくれる。

「朔夜殿か…。やはりなかなか大変そうだね。我慢強いリクがそんなふうに言うなんて」

穏やかな声が耳に沁《し》みこんでくる。

『あの男、ほんとに最悪です。いいかげんだし、やる気はないし。神宮庁は祭主を総入れ替えした方がいいですっ』

心の中に浮かんでくるまま、文句を垂れ流すリクに、蒼枇はうんうんと聞いてくれる。

しゃくり上げるばかりだったリクだが、主の手の感触に、声のトーンに、ようやく少しずつ、気持ちが落ち着いてくる。

やっぱりここがいい。この場所が一番安心できる。

『もう帰ってきていいですか…？』

甘えるように、小さな声で尋ねた時だった。

ふいに耳に届いた低いうなり声に、ようやく部屋の隅に大きな獅子《しし》の姿があるのに気づいて、あ、とあせる。

どこか落ち着かないような様子だったが、それでもきちんと「おすわり」をしたまま、うかがうようにこちらを見ている。

蒼枇が今、再調教を任されている守護獣だろう。しっかりとした首輪もついている。

『あ、ごめんなさい…っ。邪魔するつもりは……』

あせると同時に、やはり蒼枇様は自分の他にもたくさんの守護獣の面倒をみてるんだよな…、とあらためて教えられた気がした。

「いや、大丈夫だよ。……どうする？　本当につらかったら辞めてもいいよ？」

優しく聞かれて、リクは迷った。

辞めてしまいたい。でも今、逃げて帰ってきたら、いずれ主の腕の中に自分の居場所がなくなるような気がした。

——何もできないままで。今までだって、ろくに役に立ててないのに。

主にとって、自分は他の守護獣とは違うのだと思いたかった。再調教されている、他の守護獣とは違う。

ヒナから育ててもらったのだ。

たった一匹の、特別な存在でいたかった。

そう、蒼枇の守護獣ならできるはずだ。

自分がきっちりと再調教してやるのだ。あの男を。

ぶるぶるっと全身の羽を震わせるようにして、リクは首を振った。

『もう少し…、がんばってみます』

そっと息を吸いこみ、落ち着いて答えたリクに、蒼枇が静かに微笑んだ。

「うん。そうだね。……今夜はもうこちらに泊まっていってもかまわないよ？」

そんな誘いはうれしかったし、そうしたかったが、迷った末、リクは首を振った。

『帰ります。朝、あの男を起こしに行かないといけないし』

そう、とうなずいて、蒼枇が指先で優しく喉元《のどもと》を撫でてくれる。

「リクが信じるようにやってみたらいい。相手をよく観察して。相手の望んでいることを探してね。大丈夫だよ。リクならきっと、朔夜殿を動かせるから」

穏やかな、しかし力強い言葉に、はい、とうなずき、おやすみなさい、と挨拶して、リクは再び飛び立った。

逃げ帰るような真似をしてしまったが、少し、心が落ち着く。

そうだ。蒼枇様の守護獣なら、きっちりとあの怠け者の極楽鳥を調教しなければ。

翌朝、リクは朔夜を起こしに行った。もちろん、本体のフクロウ姿だ。

朔夜はいたりいなかったりだったが——どこで外泊しているのやら、だが——、一応、毎日起こしには来ていたのだ。

窓はたいてい開いていた。鍵《かぎ》まで閉めておけば、とりあえずリクの朝の攻撃は避けられるはずだが、そのあたりは意地なのだろうか。

フクロウごとき、たいしたことないぜ、と粋《いき》がりたいのかもしれない。

この日も明け方にやってきたリクは、窓からすべりこんで赤毛がはみ出している枕元へ舞い降りた。

しかし、いつも同じ起こし方では芸がない。

どうしようかな…、とちょっと考えて、今日はそのままこんもりと膨らんでいるシーツの上へ飛び移る。腹の上あたり。

しかしフクロウ程度の体重では、さほど重さも感じないようだ。いったんイビキは止まったものの、小さく身じろぎするようにしただけで、また規則的なイビキが聞こえ始める。

男が身動きした拍子に小さく羽ばたいたリクは、むー、と思いつつ、少し後ろの方にいったん着地する。

——と、その瞬間、どわぁっ！　と声を上げて、男が跳ね起きたのだ。

どうやら、うっかりリクが着地したのは、朔夜の——あそこ、だったらしい。

朝っぱらから結構な硬さもあり、何となく鉤爪を引っかけやすい、と思ったら。

「何しやがるんだっ、おまえはっ！」

しかしびっくりしたのはリクも同様で、いきなり頭の上から落ちてきた布団からなんとか這《は》い出し、あわてて窓際のサイドテーブルに飛び移った。

「使えなくなったらどうしてくれんだよっ！」

赤い髪を跳ね散らかした朔夜がすごい形相でにらんでくる。

相変わらず、見たところ裸で――全裸なのだろう。多分、あそこも。

『ええと…、おはようございます』

申し訳なかったな、とさすがにちょっと思わないでもなかったが、咳払いしつつ、ピシリ、と、ことさらマジメな顔でリクは言った。

そんなリクをあらためてじろじろと眺め、朔夜がチッ…と舌を弾く。

「……なんだ。逃げ帰ったんじゃなかったのか」

『逃げるのは嫌ですから。僕は自分の仕事はちゃんとします。自分にできる限りはやったと、蒼枇様にはご報告したいですから』

真正面からにらみ返し、まっすぐに返したリクに、ふん、と朔夜が鼻を鳴らす。

『じゃ、またあとで迎えに来ますから。二度寝なんかしないでくださいよ』

ピシパシと言って飛び立とうとしたリクを、おい、と男が呼び止めた。

「そんなに何度もあっちこっちすんのは面倒だろ。おまえ、フクロウの方が楽なんだったら、神殿で必要な時だけ、人間になってりゃいいんじゃねぇのか？」

まだ眠そうに、しかし薄い掛け布団をなかば腰に引っかけた状態で両足をベッドから投げ出すようにしてすわり直した朔夜が、頭をガシガシと掻きながら無造作に言った。

その言葉に、えっ？　とリクは驚く。丸い目をパチパチさせてしまった。

いやまあ、確かにその通りではあるが。しかし、この男の口からそんな、気遣いのある言葉が出るとは思わなかった。

「飯だってフクロウで食えんだろ？　ああ…、服だけ、神殿の執務室に置いときゃいいんじゃねぇのか…？」

なかばあくび混じりに言われ、本気かどうかもわからなかったが、うかがうように確認した。

『……そうしていいですか？』

「好きにすりゃいいだろ。だいたいな…、朝からおまえが迎えに来るたび、うちの執事がおもしろがる……いや、まぁ、何度も来ることはねぇんだよ。俺が支度するまで、ここで待ってろ」

そんなふうに、いくぶん歯切れ悪く言うと、朔夜が気怠《けだる》そうに立ち上がった。

どうやら、毎朝のリクの「お迎え」が、朔夜にしてはいささか体裁が悪いらしい。

ベッドから離れた朔夜はやはり生まれたまんまの姿で、中心あたりが心なしか、しおしおとしているのに、思わず笑ってしまう。……いや、自分のせいでもあり、さすがに申し訳ないので、顔はくるりと真後ろに向けて、こっそりと。

朔夜が側の椅子に投げてあったローブを無造作に羽織り、だらだらと壁際のチェストの方へ向かった。その上に備えられていた陶器の大きめのボウルに、横にあった水差しから水を注ぎ入れ、バシャバシャと顔を洗う。

そして、あー…、とうなりながらタオルで顔を拭《ぬぐ》っている横顔を眺めながら、リクはうずうずとして、たまらず声をかけた。

『あのっ。僕も水浴びっ、朝の水浴びしたいんですけどっ』

あー…？　と、朔夜はちょっと意味がわからないような顔をしたが、それでもようやく察したらしい。ああ…、と相変わらず眠そうな顔でボウルを持ち上げ、自分の使った水を窓から外へ捨てると、そのまま窓際のサイドテーブルにのせ、新しい水を注いでくれた。

『ありがとうございますっ』

ウキウキと、リクはボウルに飛びこんだ。

翼を広げ、頭を水の中につっこんで、バシャバシャと全身に水を浴びる。やっぱり気持ちがいい。

うん。しかも、いつもの木の桶よりも、陶器の方が羽にあたる感触がなめらかだ。

ちょっとばかり興味深そうに、なかばあきれたようにしばらくその様子を見ていた朔夜だったが、思い出したように、自分の身支度にだろう、部屋を出た。

思う存分、水浴びをしたリクは、窓際で羽をぶるぶるぶるっと震わせて水気を切ると、部屋を見まわして、やはり一番気持ちがよさそうな、主がいなくなった布団の上に飛び降りる。

まだ体温の残る布団が心地よく、身体を丸めて、リクは少しばかりうとうとした。

リクは体質的にそれほど睡眠が必要な方ではないのだが、やはり真昼の数時間はこっそりと仮眠をとっている。気がつくと、意識が遠くなっていることもあるのだ。それ以外でも、真夜中や合間の時間に、ちょこちょこと寝ている感じだろうか。

「おい、おまえが二度寝してんのか？」

と、どのくらいたったのか、頭をツンツンとつっつかれ、ハッと意識をとりもどすと、身支度をすませたらしい朔夜が、あきれた顔で目の前に立っていた。派手な服装は相変わらずで、ある種の自己主張なのだろうか。

ようやくまともに目覚めたのか、にやっとちょっと憎たらしい顔で笑われて、リクはあわてて羽ばたきした。

『待ってただけですよ。さぁっ、朝ご飯、行きましょうっ』

そして朔夜の先に飛ぶように館を出て、食堂に向かう。

フクロウ連れの朔夜の姿に、先にいた黒江がわずかに目を見張り、小さく微笑んだ。

「朔夜様の守護獣みたいですね」

朔夜は相変わらず鼻を鳴らしただけだったが、リクはきっぱりと返した。

『こちらの方が楽なんです。口頭ですむことでしたら、神殿内の移動も便利ですし。だいたい、朔夜様を主に選ぶような、奇特な守護獣がいるとは思えないです』

それに、うひゃひゃっ、と黒江の隣にいたクマのゲイルが腹を抱えて笑った。

『そりゃそうだろうなァ…。こんなのが主だったら、守護獣がいくら尻拭いしたって追いつきそうにねぇし』

なんだと？　と横で朔夜がおどろおどろしい声を上げる。そして、へっ、とあからさまな半笑いでうそぶいた。

「むしろ俺としちゃ、そこのアホなクマを守護獣にするようなヤツがいたことが驚きだがな。大飯食らうだけで、あとは皮を剝《は》がして敷物にするしか使えそうにないぜ」

『あぁ？　ふざけんなよ、てめぇ…。いっぺん、きっちりと勝負をつけるかっ？』

「おまえがその気なら、いつだって受けて立つぜ？　外へ出るか、あぁっ？」

テーブルを挟んでにらみ合った二人——一人と一頭に、さすがにまわりがざわつく。

「ゲイル！」

『朔夜様っ！』

ほとんど重なるように、リクと黒江があわてて声を上げた。さらにリクはとっさに飛び上がって、足の爪で朔夜の服を引っ張ってやる。

叱りつける声に、ほとんど条件反射のように、おたがいにチッ…、と舌打ちして、不承不承すわり直した。

それにしても、ゲイルは主でもないのに、よく黒江の言うことを聞くなぁ、と感心してしまう。そんなこともあるんだな、と。

朝食のあとで、こっそりと黒江にそう伝えてみると、

「でも、リクもちゃんと朔夜様を起こして、神殿に連れてきているでしょう。今まで誰もできなかったことですから、すごいですよ。仕事の方も少しずつ、進んでますしね」

にっこりと笑って言われ、少しは進歩しているのかな、とちょっと自信になる。

とはいえ、相変わらず朔夜は、ちょっと目を離すといなくなってしまうことも多いのだが。

それでも蒼枇に言われたように、リクは注意深く、朔夜を観察してみることにした。

仕事中はもちろん、合間の休憩中とか、他の神官と話している時とか。

朔夜を敬遠している祭司たちは多いのだが、しかし現在、朔夜しか祭主がいないとなれば、どうしても必要に迫られる場合はある。

大きな儀式はなかったものの、日々の、あるいは週ごとの、もしくは月に一度の、といった、細か

い定期的な祭主としての儀式的な役目はある。

ビクビクとでも朔夜とまともに対するようになると、思っていたほど朔夜が傍若無人でもないと気づくようだった。

中でも柊とは、以前から多少のつきあいがあるらしく、たまに囲碁《いご》などをしているようだ。正直、朔夜には似合わない趣味だな、と思ったものだが、そこそこ強いらしい。

実際、対戦している時の朔夜は口数も少なく、意外なほど真剣な横顔だった。

そんな顔もできるんだ、とちょっと驚いたくらいに。

何というか…、正直、腕力だけでどうにかしようとするタイプのようにも思っていたから。

さらに二週間ほどが過ぎ、間にリクや黒江が入ったおかげか、少しずつ神殿の仕事もうまく回り始めていた。

やるべきことをはっきりと提示してやったせいか、意外と朔夜もいろいろと考えていることに気づく。

神殿内の視察なども、リクが思っていたよりも積極的にまわっているようだった。それぞれの部署の仕事を、実際に自分の目で見て確かめるみたいに。

そして神官たちにしても、今まで朔夜に言いたかったこと——乱れた私生活の不満はともかく、仕事上のことだ——もリクを通せば言いやすく、その分、スムーズに疎通ができるようになった、というのもあるのだろう。

とはいえ、朔夜がいきなり真面目になったわけではない。

そう、気をつけて見ていると、一日のうち一度は、妙にそわそわとする時間帯があるのに気づいて、リクは胡散臭く尋ねたものである。

「どうかしたんですか？」

「えっ？　いや、別に……」

明らかにあせったように視線を逸らしてとぼけるが、やっぱり怪しい。

「遊びに出るのなんて許しませんよ。女の方と約束があるのかもしれませんけど」

白い目でぶすりと釘《くぎ》を刺すと、朔夜が少しばかりふて腐れたようにうなる。

「そんなんじゃねぇよ…」

そう言いつつも、やっぱり時々、ふいに姿を消して、リクはあわてて探しまわることになるのだ。

――ああっ、もう！　あの男に首輪をつけたいっ！

と、内心で憤慨するリクをよそに、ひょっこり帰ってくる時もあれば、そのまま夜の街へ飲みに出ている時もある。

この日の夕方前、フクロウ姿で神殿内の各部署に伝達にまわっていたリクは、上空からふと、朔夜の姿に目をとめた。

神殿の建物の陰に隠れるようにして、用心深く前後左右を見まわし、いかにもこっそりと抜け出そうという雰囲気だが、上空からは丸見えである。しかも目立つ赤毛に、見つけてくれと言わんばかりの極彩色の衣装だ。

……バカ？

と、ちょっとあきれながら、リクは男の頭上へと音もなく近づいてみる。

朔夜は建物の間を通り抜け、神殿裏の林の中へ入っていく。

リクは、その朔夜の執務室への帰りがけなのである。まだ仕事を切り上げるには早すぎるし、どう考えてもこんなところにいていいはずはない。

また逃げ出したな。

と、思ったのだが、しかし、遊びに行くにしては妙な方向だった。

夜の街へ行くつもりなら、まずは厩舎《きゅうしゃ》の方へいくはずなのに。

あるいは…、誰か女の人との逢《あ》い引き、だろうか？

そんな可能性を思いついて、さすがにムカッとした。

いかにもありそうだ。

相手が巫女だったら、道徳上問題があるし、下働きとかの女の子であれば、祭主の立場で手を出すなどあり得ない。外の人だとしても、神殿内のこんな場所に引っ張りこんで逢い引きなど、許せることではなかった。

もしかすると、リクの監視が厳しくなって、なかなか逃げ出せなくなったせいで、こんなところまで呼び出した、という可能性もあるが。

とりあえず、リクはそのままそっとあとをつけてみることにした。

人気のない林に入るとその姿が木々に紛れてしまうが、あの派手な色は遠目にもくっきりと見える。

逆に、リクの身体は木の葉に隠されてしまうだろう。

やがて朔夜が立ち止まったのは、薪《まき》小屋、だろうか。

逢い引き場所か、と、一瞬前のめりになったが、朔夜は中へ入るのではなく、その裏手へまわりこんだ。

あれ？　と思いながら、リクも迂回《うかい》するようにして、その後ろへまわってみると、朔夜が一本の木の陰で何か怪しげな動きをしているのが見える。まるで、その木に抱きつくような。

――何だ……？

と思いながら、そっと朔夜の頭のすぐ後ろの枝に止まり、のぞきこんでみると。

どうやら朔夜は、その木に空いた穴の中をのぞきこんでいた。

見ていると、中からピュッ、と赤い頭が顔を出す。

リス、のようだった。キタリス、だろうか。耳が長めでピンと尖《とが》っていて、ふわふわの太いしっぽに、全体的に褐色の毛皮。どこか朔夜と似ているような気もする。

「おー、元気か？」

朔夜が機嫌よく、妙に優しい声で言うと、ポケットからとり出した木の実を手のひらにのせ、リスにやっている。

警戒心が強いリスだが、どうやら慣れているようで、リスの方もためらわずにちょこちょことやって来ると、朔夜の手からとった木の実をめいっぱい口に含み、いったん中へ入ってから、またもどって来ては詰め込んでいく。

守護獣とかではなく、普通のリスのようだ。

それにしても。

『餌付《えづ》け、してるんですか？』

「――うわっ！」

リスが穴に引っこんだタイミングを見計らい、後ろから声をかけた瞬間、朔夜が跳び上がった。

バッ、と振り返ってリクを凝視する。

「おまえ……、いつの間にっ？　いつから見てた…っ？」

『ずっと見てましたよ。あなたが神殿からコソコソ出てきた時から』

いつになく顔を引きつらせ、あせったように声を上げた男にリクはパタパタと片羽を揺らすようにしてつらっと言ってやる。

むっつりとリクをにらんでから、朔夜がいくぶん肩を怒らせてもと来た方へ歩き出した。

そのあとを、リクも飛びながらついていく。

『リスが好きなんですか？』

確かに、リスも可愛いけど。

何となく悔しい気がして、男の肩口からしつこく尋ねると、むすっとした顔で朔夜が答えた。

「餌付けじゃねぇよ。俺が見つけた時、あいつ、カラスか何かに襲われたみたいで、足を怪我しててな。あんまりよく動けねぇんだよ。仲間からもエサを横取りされてるみたいだったし」

そんな言葉に、えっ？　と思う。

ひょっとして、それで毎日、エサをやりに行ってたのか、と。

『意外と優しいんですね……』

本当に思ってもみなかったことに、思わず本音がぽろっとこぼれてしまう。

そんなリクを、朔夜がじろっとにらんできた。

「バーカ。俺は小動物には優しい男なんだよ」

『僕も小動物の部類に入ると思いますけど？　ぜんぜん優しくないですけど？　僕のこと、ぶん投げましたよね？』

「おまえは猛禽類だろ」

あっさりと返され、リクはぷっと口を膨らませた。

『差別だ…』

思わず抗議したリクに、朔夜がくっ、と喉で笑う。

そしてちろっと横目に見て、釘を刺した。

「食うなよ？」

『食べませんよっ』

確かに、リスはフクロウの捕食対象ではあるが、毎日のエサに不自由しているわけでもない。

『っていうか、ケガしてるんなら、神殿かお館に連れて帰ればいいじゃないですか。毎日コソコソとこんなところまでエサをやりに来なくても』

「……別に、コソコソはしてねぇだろ……」

いくぶん歯切れ悪く、視線を漂わせながら朔夜が口の中で言い訳する。

『十分してたと思いますけど。――あ、ひょっとして、カッコ悪いとか思ってます？　強面なイメージが崩れそうで』

いや、そもそも強面なイメージなどは、リクにしてみればまったくなかったが。

なにしろ、ガチでクマとやらかすくらいの考えなしだし。

「まさか…、そんなつまらねぇことで俺が……」

ハッ、と笑い飛ばしてみせるが、口元がヒクヒクしている。

『あ、だったら今から神殿に帰って、僕、みんなに話しますね。朔夜様は林で、こっそりとケガしたリスにエサをあげてるような、本当はすっごく優しい人だ、って』

「バカッ、きさま…っ」

いきなり伸びてきた手が、がしっ、とリクの後頭部を引っつかむ。

『痛い、痛い、痛いっ』

大げさにバタバタ暴れると、チッ、と手を離した。

「つまらないことを言うなよ」

ぎろっ、とにらまれ、釘を刺されて、リクは澄ました顔で答える。

『黙ってますから、仕事、してくださいね。——あ、定期の祭事も、そろそろちゃんと朔夜様にしてもらいたい、って柊さんが言ってましたよ？　そろそろ代行も限界ですからね』

にっこりと笑って返すと、朔夜がむっつりと黙りこんだ。

だが、確かに顔に似合わず、小動物には優しいのかもな…、と、心の中でくすっと笑ってしまう。

今では、朝はリク用にちゃんとボウルを用意してくれているし。ふわふわのタオルも準備されているし。

服も朔夜の執務室におかせてもらって、向こうに行ってから着替えるようにしていた。五階まで飛んで上がれるようになって、ずいぶんと楽だ。いや、そうでなくとも、最近は朔夜の肩に乗って、そのまま運んでもらっていることも多い。

『あのリス、心配なら黒江さんに引き取ってもらったらどうですか？　僕が見つけた、って言いますから』

ふと思いついて、提案してみる。

しかしそれに、むすっと朔夜が答えた。

「クマに食われる」

『食べないと思いますけど。黒江さんが許さないだろうし。見てない間にまた襲われるのも心配なんでしょう？』

むー…、と朔夜がうなった。

「まぁ…、黒江ならな……」

そして小さく同意する。

と、神殿が見えてきたあたりで、思い出してリクは尋ねた。

『そういえば、朔夜様の名前って何ですか？』

この間から、ふと気になっていたのだ。

あたりまえだが、神殿ではみんな、朔夜のことは「朔夜」と呼ぶ。

だが朔夜というのは世襲の、一種の役職名のようなものなのだ。それとは別に、生まれた時にもらった自分の名前はあるわけだろう。

ああ…、と小さくつぶやいてから、肩をすくめるように朔夜が答えた。

「秀桂《しゅうけい》だ」

『秀桂…。秀桂さん、ですか』

何となく賢そうな名前で、ちょっとピンと来なかったけど、口の中で転がしてみる。

「おまえ、何で朔夜は様付けで、そっちはさん付けなんだよ？」

妙に納得できないように、眉間に皺をよせて朔夜が聞いてくる。

『ええと…、なんとなく？』

自分でもわからずにそう答えてから、リクは、うーん、とつけ足した。

『僕は朔夜様の補佐ですけど、秀桂さんの補佐じゃないから、かな？　――あ、でも、どちらにもきちんと仕事はしてもらいますから。神殿へ帰ったら、次の仕事はちゃんと用意してますからね。お願いします、秀桂さんっ』

にっこりと弾むように言うと、朔夜がギロリとにらんでくる。

「ざけんなよ、てめぇ…」

物騒な声で脅されたが、もうぜんぜん、恐くはなかった――。

◇

◇

明け方間近――。

ふっと目を覚ました朔夜は、一瞬、反射的に身構えた。

が、この日はまだ、リクの姿はないようだった。

ホッとしたような、妙にもの足りないような、ヘンな気分だ。

薄目を開けて窓の方を見ると、あたりはまだ薄暗い。

思わず、チッ…、と舌打ちした。

このところ生意気なフクロウが考えられない時間に起こしに来やがるせいで、強制的に早起きさせられて、否応なく早寝早起きが身についてしまったようだ。

朝方はちょっと眠くはあったが、まあ、体調は悪くない。

しかしまったく、とんでもないフクロウだった。

朝っぱらから、あんな男の大事な部分に鉤爪を立てられてはたまったものではない。

お里が知れるな…、と内心で毒づくが、しかし、リクのおかげで、というべきなのだろう。朔夜の祭主としての仕事も、このところ少しばかり格好がつきつつあった。

今まで神宮庁とは何の関わりもなかったはずだが、やはり基礎知識があり、頭もいいようで、朔夜が取っつきやすいように、わかりやすいところからうまく仕事をまわしてくれている。リクの作る書類やら、スケジュールやらにしても、すっきりとしていて把握しやすかった。

やはり一位様から派遣されてくるだけあって、有能なのだろう。

フクロウ姿でも、人間の時でも、くるくると神殿中をよく動きまわって、あっちこっちの部署と細かく連絡をとっているようだ。それだけに、物事がスムーズに動くようになっていた。

そして何より、リクを連れていることで、まわりの朔夜を見る目が変わったような気がした。特に、フクロウのリクを連れている時だ。

今までのように、朔夜の姿を見てあわてて逃げ出すこともなく、向けられる視線もどこかやわらかい。むしろ、リクを連れている朔夜をちょっとおもしろそうに眺めてくる。

それも「守護獣」の能力なのかもしれなかった。……朔夜の守護獣ではなかったが。

本当に、リクはいつも一生懸命だった。それが、主のためだったとしても、だ。

へこたれない強さは、朔夜も感心するほどだ。

幼い頃から、反発するだけで何もかも放り投げてきた自分とは違う。

うっとうしいと思っていたリクだが、このちょっと口うるさいフクロウが来なければ、きっと今でも、朔夜はグズグズと意味のない時間を過ごしていたのだろう。

滞《とどこお》り気味だった日常の業務については、一部の棚上げしたものをのぞいて、だいたいまわり始めている。

朔夜も、祭主としての礼拝なども少しずつこなすようになっていた。……正式なやり方、手順というのを、祭司の柊に習いながら、という、本末転倒な状態で、だったが。

本来は、心構えとともに前「朔夜」である父から習っておくべきものであり、仮に病などで急逝したような場合でも、普通ならば他の二人の祭主について習い覚えればいいはずのことだった。

だがそれが、突然、一気に誰もいなくなったのだ。

とはいえ、言い訳できることではなかった。

本当は、父に習っておく時間はたっぷりとあったはずだし、そうでなくとも父のあと、すでに二年、朔夜は今の役目に就いていていた。

その二年を、いいかげんに遊んで過ごしていたのだ。……ふて腐れて、ただ他の祭主たちの思惑のままに。

今、そのツケが一気に襲いかかっているわけだった。

朔夜としては、正直、神宮庁などどうなってもよかった。自分が解任されたとしても……いや、解任されるんだろうな、と思っていた。

厳密に言えば、この間の騒ぎは朔夜にも責任がある。経験の違う若造とはいえ、同じ、同等の祭主という立場にあって、他の二人の暴走を止められなかったのだから。

そうでなくとも、ろくに仕事をしていなかった与太者だ。

これを機会に一気に三人とも首を切って、王家の主導で新しい体制を作るのだろう、と漠然と思っていたのだ。

しかし意外にも、一位様からは朔夜に再建の命が下った。

かといって、だったらやってやろうか、という意気込みはなかった。やはり神宮に対しては複雑な思いもあったし、なにより自分にできるわけがない、と思っていたのだ。

……逃げていたのだろう。

自分の責任から。父を信じてやれなかった、過去の自分から。

それでもリクに尻をたたかれ、重い腰を上げて。

神殿で働く祭司たち、巫女たちとまともに向き合ってみれば、彼ら一人一人が大事に思っているものもわかってくる。それぞれに守りたいものは違うのだろうが、それでもそれぞれの思いでこの場所を支えようとしていた。

自分にできることであれば……せめて、父が守っていたものを残せることに、なけなしの力を尽くしてみようか、という気持ちになった。

ただ、どんな形で残すことができるのか、どんな形にすればいいのか——は、まったく五里霧中だ。

とりあえず、日常の業務がまわるようになったので、次に朔夜が着手しなければならないのは、天満と初魄の息子、永泰と央武への聴取だ。

要点は二つ。

本人が父親の陰謀に関わっていたのか。そして、次の祭主として、適性があるのか。

もちろん、現在、牢に入っている天満たちは厳しい取り調べを受けているわけで、他の人間の関与についても問いただしているはずだが、二人とも息子や家族はまったく知らないことだ、と言っているらしい。が、それが事実かどうかはわからない。

裏付けをとるために、近衛兵が屋敷を捜索し、たくさんの記録を押収して、まわりの人間たちからも話を聞き、細かく調べているようだが、朔夜の方でも祭主の立場から、ということで要請が来ているのである。

正直なところ、まったく気は進まなかったが。

しかしそれも仕事だ。

永泰と央武、一人ずつ、個別に聴取を行うことになっていたが、その日時などはリクが調整してくれていた。

場所は、この神殿の朔夜の執務室で。

「……ええと、僕も立ち合いましょうか？」

永泰が来た、という知らせに、いつになく朔夜が少し、緊張してるように感じたのだろうか。

リクが尋ねてきた。外からの「客」が来るせいか、今日はきちんとした人間の姿だ。

「聞き取りを記録しておく必要があるのか？」

聞き返した朔夜に、リクが首を振る。

「特にその必要はないみたいですよ。近衛隊の方で正式な聞き取りはしているわけですし、朔夜様は神宮にとってお二人がふさわしいかどうか、というのを判断するための聴取ですからね」

「ああ…。だったら、席は外しといてくれ」

ちょっと考えて答えた朔夜に、わかりました、とリクがうなずく。

と、そこに祭司の一人――確か、雑務を担当している青桐という男だ――に案内されて、永泰が入ってくる。

ちらっとリクに目をやってから、正面の朔夜を目をすがめるようにして眺めてきた。

リクが一礼して部屋を出ると、永泰が用意されていた椅子にだるそうに腰を下ろしながら、低く笑う。

「先日は急な延期だったが、朔夜様においてはずいぶんとおいそがしそうだな」

嫌みなのだろう。前回の延期は、ただ朔夜の気が進まずに飛ばしただけだ。

朔夜は何も言わず、じっと男を眺めた。

「まさか、おまえとこんな立場で顔を合わせるなんてな…」

薄く笑ったまま、永泰が憎々しげに見上げてくる。

「いい気味だと思ってんだろうが？　これで神宮をおまえの好き勝手にできるんだからな」

吐き出されたそんな言葉に、朔夜は感情もなく返した。

「天満たちが好き勝手したおかげで、こういう状態になってるんだがな」

「父なりに神宮の将来を考えてのことだ！」

わずかに身を乗り出し、叫ぶようにして訴えた永泰に、朔夜は静かに尋ねた。

「つまりおまえは、天満の陰謀を知っていたということか？」

「そうじゃない…！　確かに父は、やり方を間違えたのかもしれないが…、すべては神宮のためにやったことのはずだ」

「では、知らなかったと？」

「知らなかったさっ」

永泰が声を上げる。

それが本当かどうか、朔夜には判断はつかなかった。

「……それで？　おまえは次の天満になりたいのか？」

特に駆け引きをする気もなく、朔夜は尋ねた。

「天満は俺だ」

ギラギラと光る目で、永泰が言い切った。そして皮肉に唇をゆがめる。

「俺も落ちたモンだよ…。よりによっておまえに、俺の適性を見極められるなんてな。誰よりも祭主としての適性がないのはおまえのくせに。ふざけた格好をしやがって」

低く言うと、わずかに身を乗り出してきた。

「だいたいおまえ、自分が祭主としてこの先もやっていけると思ってるのか？　おまえについていく神官たちがどのくらいいいるんだ？」

「さぁな」

押し殺した声で聞かれ、朔夜はあっさりと肩をすくめる。

「悪いことは言わない。俺や央武を推薦しておけ。何も問題はないとな。神宮には、知識をもった祭主が必要だと。外から新しく祭主を迎え入れてみろ。すぐにボロが出て、おまえなんかすぐにお払い箱だ。だが俺たちなら…、おまえはいるだけでいいぜ？　何もしなくても、今まで通り。あとは俺たちでやってやる」

誘うようなそんな言葉に、朔夜は思わず目を閉じた。知らずため息がこぼれる。

「……変わらないな、おまえも。父親と同じだよ。おまえの父親と同じように、何かがおかしくなってる」

そしてそのことに、本人は気づいていないのだろう。

それがこの長い歴史の中で、神宮という環境で生み出されたのであれば、やはり何かを変えなければならないのだろう。

「なんだと…？」

ぼそりとつぶやいた朔夜の言葉に、永泰が目を剝《む》いた。

「神宮のことなど何も知らないくせにっ。穀潰《ごくつぶ》しがっ！」

「確かに俺も、そう褒《ほ》められた人間じゃねぇけどな…」

うなじのあたりを撫でてあっさりと返し、朔夜は立ち上がった。

「聴取は終わりだ。帰っていいぞ」

あっさりと言った朔夜に、永泰も椅子を蹴倒すようにして立ち上がる。

「茶番だなっ。どうせおまえには、初めから俺たちの存在は邪魔なんだろうからな！」

憎しみのこもった目で朔夜をにらみつけ、捨てゼリフのように吐き出した。

「おまえは…、天満となって、神宮をどうしたいんだ？」

その男に、朔夜は静かに尋ねてみた。

「どうしたいだと…？」

永泰が低くつぶやくように言った。そして片頬で笑うと、わずかに身を乗り出す。

「教えてやるよ。おまえには考えもつかないだろうが。……いいか？　神宮はな、この国で王家と対抗できる、唯一の存在なんだよ。神宮だけは、王家に支配されることがない。つまり、使い方次第で王家に代わることもできるんだ。なぜそれがわからない…!?」

悔しげに、もどかしげに、永泰が拳を机にたたきつける。

「わからないな」

しかしあっさりと、朔夜は言い放った。

「そうだろうよ！　おまえはその程度の男だ」

それだけ言い捨てると、永泰が荒々しく部屋を去った。

その背中に、朔夜はそっとため息をつく。

彼らが思い描いたのが何なのか、正直、わからない。ただ神宮を、自分たちのために利用しようとしていたのだということはわかった気がした。

……きっと、神宮の中の多くの人間は、そんなことを望んではいないのだろうに。

ただ神に祈る者も、空を見上げ、星を見上げる者も。薬を研究する者も。

それぞれが自分の役割を果たしているだけだ。

と、外で待っていた青桐が、おどおどと心配そうにのぞきこんできた。

「よ…、よろしいのですか…？」

飛び出した永泰のことだろう。

それに朔夜は、いくぶん疲れたようにうなずいた。

「ああ。……央武を案内してくれ」

そしてこのあと、続けて央武の聴取も行われた。

朔夜より年下ということもあってか、永泰ほど攻撃的な態度は見せず、むしろなんとか朔夜にとり入ろうとする様子があった。

「俺は何も知らなかったんだ。父のしていたことは何も…！　頼むよ…。俺が初魄を継げたら、絶対にあなたの助けになる。あなたにとって損はないはずだ。――なっ？」

いずれにしても、この二人には祭主に対する執着があるということのようだ。

朔夜とは違い、生まれてからずっと、将来は祭主となるべき未来しか見てこなかったとしたら、あたりまえなのかもしれない。それがいきなり奪われたような理不尽さを感じるのだろうか。

どこかゆがんだ思いを感じ、息苦しさを覚えてしまう。

「お疲れ様でした」

央武が出たあとにもどってきたリクの姿に、少しホッとした。今は人の姿だったが、それでも心が和む。

何か…、ようやく息苦しかった部屋を抜け、まともに息ができるような。

「今日はもう、これで終わりですよ。上がっていいです」

お許しが出て、やれやれ…、と朔夜は肩をまわした。

……何となくこのところ、リクのスケジュール通りに動いていた。

いや、別にこの間のリスの弱みで、いいように使われているつもりはなかったが、まあ、とりあえずつきあってやっている。

「今日はちょっと早いですね。僕も早めにお風呂に入れそうだな。今の時間だと、人が少なくていいんですよねっ。お湯もあったかいし」

リクも宿舎へもどるようで、連れだって歩いていると、リクがそんなふうにうきうきと声を上げた。

「おまえ、風呂にも入ってるのか」

思わずつぶやくように言った朔夜に、リクがむっつりと顎を突き上げる。

「あたりまえですよ」

「朝も水浴びしてんのにかよ」

ベッド脇のサイドテーブルで、毎朝水を跳ね散らかしている。

「いいじゃないですか。水浴び、好きですもん。……誰かのおかげでストレスの多い毎日ですし？」

口を膨らませて憎たらしく言われ、朔夜はちょっと肩をすくめる。

しかし宿舎の風呂というと、あたりまえだが他の祭司たちと共同なのだろう。

一緒に入ってるのか…、と思うと、……何か妙に、心の中がもやもやする。

と、リクがちょっと首をかしげて尋ねてきた。

「朔夜様のお館にもお風呂ってありますよね？」

「そりゃ、あるな」

朔夜は短く答える。

「入ってます？」

「まぁな」

おたがいにじっと、見つめ合った。

何か根負けするように、朔夜は咳払いをして言った。

「……入っていくか？」

強いて何気ないように誘った朔夜に、現金にパッとリクが顔を輝かせた。

「いいんですかっ？」

そんなに喜ばれると、やっぱりちょっとうれしい。

「二人入って、狭い風呂じゃねぇし。多分、宿舎のよりでかいしな」

それでもあっさりと言ってから、ふと朔夜は尋ねた。

「おまえ…、ご主人様とは一緒に入ったりするのか？」

「入りますよー。よく一緒に入れてもらってます」

無邪気に、うれしそうに答えられて、ふぅん…、となる。

守護獣のいない朔夜には、それが普通なのかどうかもわからなかったが、微妙におもしろくない気がした。

「あっ、じゃあ、荷物を置いて、すぐに行きますねっ」

持ち帰りの仕事なのか、手荷物に書類を持っていたリクは人の姿のままで、パタパタと宿舎の方へ走っていく。

館に入った朔夜は、リクが来たら風呂に案内するように使用人に言いつけて、先に浴室へ向かった。

裏庭に面した一角にある、大理石作りの風呂場だ。二人どころか、五、六人が入れる広さである。

無造作に全裸になると、ほどよい湯加減の中で朔夜は思いきり身体を伸ばした。

祭主の仕事も少し慣れてきた気がするが、今日は精神的に疲れていた。

永泰たちについては昔から知っており、さして変わったようではない。そして自分自身にしても、決してまっとうに育ったとは言い難い。

神宮の存在が、二人をあのように成長させ、自分もこんなふうになったのだとしたら、本当に存在させる意味があるのだろうか、という気になる。

と、ふいに戸口の方から、「入っていいですかーっ？」とワクワクした声が聞こえてくる。リクだ。

ああ、とことさら無造作に朔夜は返したが、少しばかり胸がざわついた。

何というか、自分の裸は結構よく、リクには見られていると思う。なにしろ、寝る時に服を着ない朔夜は、当然、朝起きた時も全裸なのだ。

だからたまには、リクの裸をじっくりと見せてもらってもいいだろう。

まあ、細い体つきだったので、女のようにやわらかそうでそそる、という感じではないのだろうが

——。

ぼんやりと考えていた朔夜の目の前に、何かがいきなり滑空してきた。と思ったら、いきなり、じゃぼんっ、と湯の中につっこむ。

「な…、おい…っ」

バシャバシャバシャバシャ…ッ！　と盛大な水しぶきが上がり、朔夜はあわてて片手で顔をかばった。

ひとしきり跳ねまわり、何度も水中を潜っては顔を出して羽をバタつかせていたが、ようやく気がすんだのか、リクが翼を広げて、器用にスイスイと水をかくようにして泳いで朔夜に近づいてくる。

『ホントに広いですねーっ。すごく気持ちいいですっ』

「……なんだよ。そっちかよ」

楽しげに羽を震わせて言ったリクに、朔夜は思わずつぶやいた。

『何がです？』

「いや」

きょとんと尋ねられ、朔夜はとぼける。

それでも本当に気持ちよさそうに、ぬくぬくと湯に浸《つ》かっているリクを見ていると、ちょっと気持ちが和んだ。

ズケズケと言いたいことを言ってくれるが、いつでも一生懸命で。

それも、主のためなのだろうが。

ふと、リクの片足についている赤いリングに目をとめる。

守護獣の印だ。

――守護獣、なんだよな…。他の男の。

今さらに、朔夜はそのことを思い出した。

もうひと月も、ずっと朔夜の側にいたから、妙に錯覚してしまいそうだった――。

それから数日して、朔夜がめずらしく王宮の回廊を歩いていた時だった。

少し意見を聞いておこうと、近衛隊の隊長をしている守善を訪ねた帰りだ。

すれ違ってから、ハッと気づいてとっさに振り返ると、むこうも足を止めて振り返っていたところだった。

「朔夜殿」

穏やかな、しかしそれだけにどこか胡散臭い笑みで名前を呼ばれる。

さして接触もなく、向こうが顔を知っていたとは思わなかったが、やはり赤毛は目立つのだろう。

朔夜も、男の顔は知っていた。

蒼枇だ。リクの主。

しっとりと長い黒髪で、長身の男だ。

朔夜としては、リクを手伝いに派遣してもらっている身であり、世話になっているとは言えるのだが、しかし、こちらが頼んだわけではない。

蒼枇とまともに対するのは初めてで、思わず身構えてしまう。

「リクは元気かな？　いそがしいようで、ここしばらく顔を出さないが」

「今朝会った時は生きてたな。相変わらず憎たらしい口をきいてたぞ」

朔夜のそんな言葉に、蒼枇が低く笑う。

「ずいぶんとうちの子を困らせてくれているようだね」

皮肉な口調で言われ、一瞬、口ごもった。

このところはそうでもない、はずだ。というか、むしろ。

「俺が振りまわされてる気がするけどな」

言い返すと、ほう…、というように、男がわずかに眉を上げた。

「あんた、調教が仕事だそうだが、躾がなってないんじゃねぇのか？」

「私の仕事は『再調教』なのでね。もっとも……」

少し考えるようにいったん言葉を切ってから、蒼枇が指先を唇に当て、どこか意味ありげに朔夜を眺めてきた。

「お望みなら、あなたのお好みに調教し直してもいいけどね？」

「何……？」

その男の言葉に、朔夜は思わず眉をひそめた。何か不快な思いに、胸がざらつく。

「何だったら、あの子はあなたに譲ってもいいよ。そうすれば、どう扱おうがあなたの自由だ。そうだな…、育てた時間が長い分、少し値が張るかな？　再調教が希望なら、さらに上乗せ分を。もっと従順な方が好みなのかな？　ただフクロウは、大型獣に比べれば比較的安い方だ。それでいて、人間になった時は可愛いしね。十分楽しめるし、お買い得だよ」

微笑んで言われ、朔夜は一瞬、絶句した。

「あんた、リクを売り物にする気なのか…？」

知らず大きく目を見張り、かすれた低い声がこぼれ落ちる。

「仕事柄、うちには守護獣が売るほどいるのでね」

あっさりと蒼枇が肩をすくめた。

「機会があれば、あちこちに派遣してよい買い手を探している。リクが欲しければ、早めに声をかけてくれ。他に売れないうちにね」

「ふざけるなよ…！」

怒りというか、息苦しさに、朔夜は思いきり吐き捨てて、足早に男の前から離れた。これ以上、顔を見ているのも腹が立つ。

リクは――あんなに、この男のために一生懸命なのに。

だが守護獣は、結局、主の心一つなのだ。

むしゃくしゃする思いを抱えたまま、とてもリクの顔を見ることができず、神殿の前まで来て、朔夜はくるりと向きをかえた――。

◇　◇

とっぷりと日が落ちて、リクはめずらしくパタパタと市街を飛んでいた。

宮中に行ったままの朔夜が日が暮れても帰って来ない、と思っていたら、青桐から門の外で見かけたと聞いたのだ。

どうやら花街の方へ向かっていたらしい。

例のリスを黒江に預けて以来、ここしばらくは逃走することもなくなっていたので、すっかり油断していた。

神宮についての会議まであと二週間とちょっとだ。そろそろ最終的な詰めの作業に入らなければならない。

神宮を存続させるためには、朔夜自身の祭主としての力量が問われるはずで、もし神宮の体制が変わるにしても、朔夜がそこでどういう地位に就けるか、あるいは就けないか、というのは、当然その素行も大きく影響するだろう。

朔夜自身の将来に関わる、正念場と言っていい。

その自覚がないのが腹立たしかった。

もともと評価の低かった朔夜だが、それだけにここひと月ほどでずいぶんと改善された気がして、会議までにはなんとか形になりそうだな、とリクもちょっと安堵《あんど》していたところだ。

——それなのにっ。

そもそも祭主のくせに、花街、というのが間違っている。

酔っぱらってではあるが、真夜中を過ぎれば帰ってきていたので、今までなら放っておいたところだが、我慢できずにリクは連れもどしに飛び出したのだ。

とはいえ、勢いで来たものの、花街などというところはリクは初めてだった。何となく場所は知っていたし、どういう場所なのかの知識はあったけれど。

しかし予想以上のにぎわいに、少しばかり怯んでしまう。にぎやかな男女の嬌声《きょうせい》が、時折、ビクッ、と身を縮めてしまうくらい甲高く空まで響いてくる。恥ずかしげもなく、べったりと抱き合って道行く男女に目を見張る。

そして薄暗い店先で女が客を引く声や、男たちのからかう声。

遊女たちが看板のように店先に並ぶ、凝った造りの妓楼《ぎろう》が軒を並べ、合間には飲み屋のようなところもポツポツとあって、妓楼は敷居の高い男たちが酒場女の肩を抱きながら酒を酌《く》み交わしている。

いかにも猥雑《わいざつ》な空気だ。

こんなところで女を買ってるのか…、と思うと、さすがに不快感と怒りがにじんでくる。

しかし意気込んで来たものの、慣れない空気にだんだんとリクは心細くなってきた。

——どこにいるんだろ……？

とりあえず二階の軒先から、あちこちと部屋の中をのぞきこんでみるが、なかなか探し当てることができない。なにしろ、通りの両側いっぱいに並んでいるのだ。

それでも一つ一つ探していくしかなく、リクは華やかな明かりの中の薄い闇《やみ》に紛れるようにして飛びまわった。

と、ようやく一つの店先から、聞き覚えのある笑い声が聞こえてきて、ハッと窓際に飛び移る。

そっとのぞきこんでみると、赤い髪の男が広間の中心で大笑いしながら酒を飲んでいた。間違いなく、朔夜だ。

どっしりと高そうな絨毯が敷かれ、たくさんのクッションが並べられた中にすわりこみ、左右に華やかな衣装の若い女性をはべらせている。目の前では何人かが艶《なまめ》めかしい踊りを披露しており、ずいぶんと派手に遊んでいた。

——どういうつもりだ…っ。

ムカッとしたリクは、そのまま窓から飛びこんだ。

いきなり目の前を横切った一筋の黒い影に、一瞬、何かわからなかったのだろう、きゃぁっ、と女たちの悲鳴が上がる。

『朔夜様！　こんなところで何をやってるんですかっ！　今、大事な時なんですよっ？』

かまわずリクは朔夜の目の前でホバリングすると、思いきり怒鳴りつけた。

「なんだ…、おまえか」

それに酔眼を凝らすようにしてリクを確かめ、朔夜がだるそうに酒をあおる。

すると、ようやくリクの正体に気づいたらしく、女たちが身を乗り出してきた。

「えっ、フクロウ？」

「まぁ、可愛いっ」

「えっ？　もしかして守護獣様？　しーさん、王族だったのっ？」

はしゃぐようにして朔夜の腕にすがり、うれしそうに尋ねるその姿が妙に腹立たしい。

——何だ、しーさん、っていうのは……。

内心でうなる。

「そうじゃねぇよ…。コイツは俺のお目付役」

パタパタと手を振って、朔夜があっさりと言った。

「帰れよ、リク。おまえが来るとこじゃねぇよ」

『あなたが来るところでもありませんよっ』

ぴしゃりと言うと、朔夜がにゃぁ…と崩れたふうに笑う。

「馴染みの子がいるの。たまにはかまってやらないと、かわいそーだろ？」

「そうよう…。ホント、ひさしぶりですもの」

一人の女が朔夜の腕にすがり、肩口に頬をよせる。

「ずっと来てくれなくて淋しかった」

「俺もだよ」

それににやにやと朔夜が受け答える。

「俺も面倒な仕事ばっかりで、そろそろ限界だったしなァ…。たまには発散させてくれたっていいんじゃねぇのか……」

気怠げに言いながら朔夜の腕が女の腰にまわり、思いきり引きよせて、――キス、したのだ。

えっ、と一瞬、リクの頭の中が真っ白になった。そして次の瞬間、真っ赤に染まる。

「やだ、ずるいっ。しーさん、私も――っ」

反対側の女が唇を尖らせてねだってくるのに、朔夜がよしよしといかにも甘くなだめ、そちらに向き直る。

『もういいですっ！』

たまらなくなって、リクは思いきりわめいていた。

ほんの、遊びなのだろう。朔夜にとっては。

そんなことはわかっていたが、胸の中が何かぐちゃぐちゃにかき混ぜられたようで、ふいに泣きそうになる。

『もう勝手にすればいいんですっ！』

言い捨てると同時に朔夜に襲いかかり、腹いせに両足の爪で朔夜の髪の毛をぐしゃぐしゃにしてやる。そしてそのまま、窓から飛び出した。

「くそっ、きさま…っ！」

朔夜の吠える声が背中に聞こえてきたが、かまわなかった。

――バカッ！　やっぱりバカで、考えなしだっ！

心の中でわめきながら、知らず涙がにじんでいて、……どうやら方向感覚が狂っていたらしい。

リクはそのまま、向かいの酒場の店先に飛びこんでいた。

『いた…っ』

思いきり壁にぶつかって、そのまますべるように地面に――いや、テーブルの上に落ちてしまう。

「なんだぁ…？」

酔っぱらった男が無造作にリクの足を摘まみ上げ、いきなり逆さ吊りにされて、リクはとっさに逃げようとしたが、ぶつかった衝撃で頭がふらふらする上に、状況がうまく把握できない。

「おい、フクロウだぜ。壁にぶつかってやんの」

ゲラゲラとまわりの男たちも笑い出す。

「何だよ、酔っぱらってんじゃねぇのか、このフクロウ」

「おもしれぇな…。フクロウって酔っぱらったらこうなんのか？」

わいわいとまわりの客たちも集まってきて、めずらしそうにリクの身体をつっつき始める。

しかしその時には、両足ががっしりとつかまれて、まともに身動きできなくなっていた。

——どうしよう……。

恐怖で心臓が縮み上がる。

どうなってしまうのか、ぜんぜんわからなかった。なんとか隙を見て逃げ出したいが、恐怖で羽もまともに開かない。

「え、フクロウって酔っぱらうのか？」

「おい、もっと飲ませてみろよ。ふらふら飛んでるとこ、見られんじゃねぇか？」

誰かがおもしろそうに言うのが耳に届き、血が凍りそうになった。

何をされるのか想像もつかなかったが、いいことのはずがない。

そうだな…、とリクを吊《つる》していた男がつぶやいた次の瞬間、いきなりリクの身体が持ち上げられ、目の前にあった大きなビールジョッキに頭からつっこまれた。

おおおーっ、と男たちの歓声と笑い声が弾けたが、リクの耳にはまともに届いていない。

喉元に苦く痛い水が勢いよく流れこんできて、息苦しさにもがいた。水浴びは好きだが、これはダメだ。

バタバタするうちにいったん吊り上げられ、ようやくぜぃぜぃと息をつく。

もう恐怖しかなく、身体が硬直する。

「ほら、まだ足りないんじゃないのか？」

なのに、まわりの男がさらにはやし立て、ドン、となみなみとビールの注がれたジョッキが目の前に置かれた。

やめて…っ、と思いきり叫びたかったが、とても声にならない。

まわりで湧《わ》き起こった拍手とともに、無造作に頭からジョッキの中へつっこまれ、リクは反射的にバタバタと暴れまわった。

ビールの匂《にお》いが気持ち悪い。口の中に否応なく強い酒が流れこんできて、息苦しく、喉がヒリヒリと痛くなる。

大声で笑っている男たちの声が遠く、意識がだんだんと薄れてくる。羽のつけ根から力が抜け、パサ…ッ…、と羽先が止まってしまう。

死んじゃうのかな…、と思った。こんなところで。

——と、その時だった。

「てめぇら…、何やってんだっ!?」

くぐもったそんな声が聞こえたかと思った次の瞬間、いきなり身体が引っ張り上げられた。

反射的に大きく羽ばたき、大きく息を吸いこむ。しかし身体はふらふらで、まともに飛ぶことなど到底できなかった。

そのまま崩れかけた身体が、大きな、温かい手の中に包みこまれる。

「おいっ！　——おいっ、リク！　大丈夫かっ!?」

頭の上から大きな声で聞かれて、気が遠くなりそうだったリクはようやくうっすらと目を開けて、その声の主を仰ぎ見た。

少しばかりぼんやりしていたけど、朔夜がひどく心配そうな顔で見下ろしているのがわかった。

ちょっと情けない顔で、妙に笑ってしまう。こんな時なのに。

しかし答える気力もなくて、リクは男の指にただ頭をこすりつける。

「リク…」

そのまま、ふっ、と首を縮めて目を閉じたリクを、朔夜が両手でそっと包みこんだ。

そして片手でしっかりと抱え直し、腹にくっつけるようにして固定すると、バッと男たちを振り返る。

「きさまら…、ふざけんなよっ！」

雷のような怒号が響いたが、リクはくらくらする頭で、目を閉じたまま、ただしっかりとした手の感触に身を委《ゆだ》ねていた。

そのあとどうなったのか、リクはほとんど覚えていない。

何かが壊れるような、破れるようなものすごい音や、男たちの悲鳴と怒号が響いていたようにも思うが、すべて夢の中だった。

そして、懐にしっかりとくるまれて、ぬくぬくとしながら眠りに落ちたことも。

気がついた時、あたりは真っ暗で、どこにいるのかもすぐにはわからなかった。

しん…、と静まり返った気配は馴染んだもので、そして身体はふわりと温かい場所にあった。

ぼんやりと、目の前に鳥の巣みたいにボサボサになった赤毛が見える。

朔夜の腕の中だ。

ふっと、それに気づく。

わずかに身じろぎすると、大きな手が少しばかり不器用に撫でてくれる。

ふわり、と身体が、胸の中が温かくなって。

安心して、リクは再び目を閉じた——。

二日酔いの翌日は、さすがに気分が悪かったが、それでも朔夜が朝風呂に連れて行ってくれたので、ようやく酒も抜けたらしい。

それも、うかつに飛ぶとそのまま落下しそうだったので、朔夜に運んでもらったのだ。

風呂は大好きなのだが、今朝はさすがにはしゃぎまわる気力もなく、桶に入れたお湯の中にちゃぽんと浸かって、湯船に浮かべてもらっていた。

ゆらゆらする感触が結構、心地よい。

「大丈夫か？」

くったりと頭を桶の縁にのせて目を閉じていると、横でつきあってくれていた朔夜がちょっと眉をよせて尋ねてくる。

『大丈夫です。まだちょっと頭がズキズキしますけど』

「何であんなところに来てんだよ、おまえは…」

あきれたよう言われ、思わず首を伸ばしてリクはわめいた。

『あなたがっ！　ふらふらとあんなところに行くからでしょうっ！　……たたた……』

声を上げると頭に響く。

「あー…、はいはい。悪かったよ。……ったく」

『これに懲りたら、夜遊びは控えてください』

「誰が懲りんだよ…」

むっつりと言い渡すと、朔夜が渋い顔でうなった。

『……そういえば、しーさん、って何ですか？』

ふと思い出して、リクは尋ねた。ゆうべ、女の人がやたら馴れ馴れしく、朔夜をそう呼んでいたのを覚えている。

あー…、と朔夜がちょっと視線を逸らして肩をすくめる。

「まさか、俺がまともに素性をバラしてあんなとこで遊んでるわけないだろ。名前だけ、名乗ってるからさ。本名の…、秀桂の方」

なるほど、と思ったが、妙におもしろくなく、ふーん、とリクはうなる。

『それだけ馴染みってことですよね』

ツンツンと言った。

「モテるんでね」

うそぶいた男にムカッとして、羽の先でピッピピッピッ！　とお湯を飛ばしてやる。

「……っと、やめろ」

たいした攻撃でもなく、片手で避けながら、朔夜が腕を伸ばし、リクが入っている桶を手元に引きよせた。案外ずる賢く背中向きに引きよせられたので、攻撃が封じられる。

「まぁ、当分はおとなしくしてるさ…。少なくとも、会議が終わるまではな。それでおまえの役目も終わるんだろ」

あっさりと言われ、あ…、とようやくリクも思い出した。

そうだ。会議まで、だった。

神宮の立て直しのために、朔夜の補佐に、と言われていたが、その会議で神宮をどうするのかが決まるのだ。

もし解体になったり、あるいは朔夜自身が解任になったりすれば、それで終わりだし、新体制になったとしたら、正式な補佐が新しくつくはずだ。

「もうすぐだろ。それまで、俺もおまえも我慢すればいい」

『そうですね……』

いくぶんぶっきらぼうに言われ、リクも小さく答えていた。

そう。会議が終われば、主のところに帰れる。もうこの男に関わらなくてもすむのだ。

ゆうべみたいなひどい目にあうことも、きっともうない。

……うれしいことのはずだったが、なぜか心は沈んでいた。

まだ身体の中に酒が残っているのかもしれない。

それに、ほとんど毎晩、入らせてもらっているこの館の風呂も結構、気に入っていたから、入れなくなるとちょっと残念な気がするのだろう。

リクは気合いを入れるように、ぷるぷるぷるっと身震いした。

『――さっ。出ましょうっ。今日は仕事に入るのが遅くなってしまいましたからね。早く取り返さないとっ』

ハイハイ…、とだるそうに言って、朔夜がザバッと立ち上がる。

いいかげんこの男の裸にも慣れたはずだったが、やっぱりちょっと目を逸らしてしまうリクに気づいたらしく、にやり、と朔夜が笑った。

「なんだ？　俺のハダカ見て、痺《しび》れてんのか？」

『そんなわけないですっ』

ムッとしたのと、妙に恥ずかしくて顔が熱くなった気がして、それを紛らわすように、リクはパサパサッと羽ばたくと、ツンツンツンツンッ！　とクチバシで男の頭をつっついてやる。

「だからっ！　すぐにつっつくのはやめろっ。おまえだって、一応猛禽類なんだろうがっ」

『一応って何ですか。立派な猛禽類ですよ』

「ったく……」

『先に行ってますから。さっさと着替えて来てくださいね』

ローブを羽織りながらぶつぶつ言う男を横目に、リクは窓から飛び出した。

なんだかちょっと、胸が痛かった。

◇　　　◇

会議の日が近づくにつれ、リクがあわただしく神殿のあちこちをバタバタと移動していた。会議に提出する資料の準備に追われているらしい。

このところ習慣になっていた、帰りがけに朔夜の館で風呂に入っていくヒマもなく、朝起こしに来る余裕もないらしい。

それはそれで、朔夜としてはのんびりできるはずだったが、妙にもの足りない気もする。

むしろ、朔夜自身もいそがしいはずなのだが、この時点で朔夜が任されている仕事は一つだけ、だった。

神宮をこの先どうしたいか——だ。朔夜自身がどうしていきたいのか。それを会議の席で述べなければならない。

当初、朔夜はそれほど難しく考えてはいなかった。どうせ自分が何を言っても結果は同じだ、と思っていたから。むしろ、神宮を解体してしまえばいい、というくらいの気持ちだった。

それでも、リクにせっつかれて神宮の仕事を少しずつ理解するにつれ、今まで自分が表面的に見ていただけのものに、きちんと中身がある、ということがわかった気がした。

神宮を、神殿を生きる場所としている人間がいる、ということだ。

解体ということになれば、その場所を取り上げられる者も出るのだろう。特殊な研究も多いだけに、他の部署に取り込まれれば、隅へ追いやられるか、利用されるか、あるいは潰されることもあるかもしれない。

かといって、では自分が何ができるのか、どうしたいのかと言われると、それもわからなかった。

多分…、自分も祭主の立場を引いて、あとは能力のある人間に任せるのが一番いいんだろうな、という無難な考えに落ち着くしかない。

いよいよ翌日に会議を控え、この夜はリクと一緒に執務室でずいぶんと遅くまで仕事をしていたら、いつの間にか神殿からは人の気配が消えていた。廊下を歩く自分たちの足音が、不気味に反響するのが聞こえるほどだ。

やれやれ…、と苦手な事務仕事でいくぶん凝り固まった身体を伸ばしながら、ふと廊下の窓から外を見た朔夜は、夜空に浮かぶ無数の光に一瞬、足を止めてしまう。

星が素晴らしく美しい夜だった。

「星、好きなんですか？」

部屋の片づけを終え、あとから出てきたリクが、それに気づいたように声をかけてくる。

書き物などの事務作業だったので、人間の姿だ。

「星を見たりするのは嫌いじゃねーけどな」

子供の頃は一人でいることも多かったから、何となく空を見上げることも多くて。

神殿の高い塔は、遠くからでも目立っていた。腐った場所だと軽蔑《けいべつ》しながらも、気がつくと塔を眺めていることがあって。

その塔の背景に大きく広がる夜空は美しかった。あの上から眺められたら、どれだけきれいだろうと思ったものだ。

考えてみれば、今、自分はそこにいるのだ。……そしてもしかすると、明日以降はお払い箱になる可能性もある。

「こっそり一番上、登ってみるか？」

ふと、思いついて朔夜は悪巧みに誘った。

「一番上って……」

きょとんと首をかしげたリクに、朔夜は指だけで天井を指してやる。

ハッと気づいたらしく、リクがあせったように首をふった。

「ダ、ダメですよ！　本殿はっ。神様がいるところですよっ」

「別に俺は入っていいんだろ？　祭主だしな」

「祭主様だって、特別な儀式の時だけでしょう」

実際にきわめて神聖な場所とされており、入る前には潔斎《けっさい》だの沐浴《もくよく》だのと、いろんな手続きがいる場所である。

「定期的に掃除とか、供え物とかはしてんだろ？　巫女がさ」

「それはそのお役目ですから。巫女様たちはちゃんと潔斎してから入られてるはずですよ。そんな、遊びで入るようなところじゃないです。――あっ、どこ行くんですかっ？」

しかしかまわずスタスタと歩き始めた朔夜のあとを、リクがあわてて追いかけてくる。

「わかった、わかった。本殿に入らなきゃいいんだろ？　その裏っかわの窓ならいいだろ」

「そんな…っ、神様より高いとこなんか、行っちゃいけないんですよっ」

「おまえ、ふだんはそのあたりも飛んでんじゃないのか？」

「そんな高いところは飛びません…っ。――あああっ、ダメですって！」

「ちょっと星を見るくらい、見逃してくれんだろ。神様だったらそんなケチくさいこと言わないだろうからな」

必死に止めようとするリクを軽くあしらい、朔夜は階段を上って、一番上まで行き着いた。

真正面に重厚な扉が現れる。以前に二度だけ、訪れたことがあった。父のあとを継いで「朔夜」に就いた挨拶の時と、しばらく前の遷宮の儀式の時。

実際のところ、中はがらんとした大きな空間で、中央にご神体である鏡が安置されているだけだ。

しかし今日は中に用があるわけでなく、朔夜はその部屋をめぐる回廊をまわって部屋の裏側へと出ると、小さな潜り戸を抜け、外へと顔を出した。

円錐《えんすい》になった塔の先端のすぐ下は、本殿を囲むようにして小さなテラスが作られているのだ。

人一人が通れるかどうかという狭さだが——そもそも人が通ることを想定しているわけでなく、神様がそこへ降り立つための場所、というくらいの意味合いだ——とりあえず眺めはいい。

「さ、朔夜様…、ちょっと…っ」

あせりながらも、さっさと外へ出た朔夜のあとから、リクも潜ってやって来る。

それに、朔夜はにやりと笑った。

「おまえも共犯だな」

「もう…」

拗ねたみたいにリクがにらんできたが、結局あきらめたようにため息をつく。そして、真上に空を仰ぎ見た。

「でも本当に、今日の星はきれいですね」

空気も澄んでいて、降り落ちてきそうな星の数だ。

しかし朔夜は、身体を伸ばすようにして空を見上げているリクの横顔から目が離せないでいた。

もうすぐ…、こんなふうに話すこともなくなるのか、と。

と、それに気づいたように怪訝にこちらを向いたリクに、朔夜はいくぶんあわてて視線を逸らした。

その視線の先に、西の塔が入ってくる。この中央の塔よりも少しばかり低いが、てっぺんのあたりは、星を観測できるように東屋のような造りになっている。

今も二人ばかりいるようで、小さな明かりがちらちらしていた。

さすがに本殿に人がいるとは思っていないようで、こちらに気づいた様子はない。

「星を見たいんでしたら、今度から西の塔に行ってくださいね」

リクがツケツケと言うのに、朔夜は軽く肩をすくめ、短く返した。

「今度がありゃな」

そんな言葉に、リクがわずかに眉をよせて朔夜を見つめてくる。

「祭主様なんですからいつでも行けるでしょう？」

「俺が祭主でいるのも、あと数日って可能性もあるだろ」

例の会議はあと数日に迫っていた。そのあとどうなるのかは、朔夜にもわからない。

「朔夜様は…、やっぱり辞めたいですか？」

ちょっと難しい顔で聞かれ、朔夜は指先でうなじのあたりを掻いた。

「ま、おまえの役目は俺に仕事をさせることなんだろうが…、実際、俺には祭主の適性なんか、これっぽっちもねぇからな」

永泰に言われるまでもなく、そんなことはわかっていた。

「そんなことないですよ」

くりっと丸い目で返され、朔夜はのぞきこむようにその目を見つめ返した。

「……本気で思ってないだろ？」

ぬっと顔を近づけてズバリと指摘すると、リクがとぼけるように視線を逸らした。

「これっぽっちくらいはあると思ってます」

すかして答え、吐息で小さく笑う。

「正直、僕にはわからないですけど。祭主の適性っていうのがどういうものかもわからないし。……だいたいあなたは、極楽鳥というより極楽トンボですからね。どんなお役目でも、半分ばかり、遊んでそうです」

憎たらしく言うのに、朔夜はふん、と鼻を鳴らす。

「必要なのは覚悟じゃないですか？」

そしてさらりと言われた、そんな何気ない言葉にドキリとした。

「誰もあなたに、きちんとこれまでの神宮の習慣や体制を守ることなんか期待してないですから。せっかく好きにできるんだから、自分の好きなように改革してみればいいじゃないですか。それでダメだと言われたら、その時に辞めてもいいですし」

一瞬、虚を衝かれ、目を見開いた朔夜だったが、そっと息を吐いた。

「……簡単に言ってくれるな」

「それが朔夜様のお役目ですからね。大臣たちや祭司様たちに総攻撃を食らったとしても、別に失うものがあるわけでもなさそうですし」

他人事だと思って、あっさりとリクが言ってくれる。

「煽《あお》るだけで俺を手伝う気もないくせに」

むっつりとして、思わず自分の口から出た言葉に、朔夜はハッとした。

——この先も、と。

リクも一瞬、大きく見開いた目をパチパチさせた。そしてちょっととまどったように視線を逸らし、口の中で小さく答える。

「そうですね…。だって…、僕は蒼枇様の守護獣だし」

そう。わかっていたことだ。

守護獣である以上、帰るのは主のところなのだ。

そしてちょっとあわてるように、リクが続けた。

「朔夜様らしくもないですよ。やんちゃするの、好きでしょ。まわりからギャーギャー言われるくらい、思いきり変革してみたらいいんですよ」

「俺に好きにやらせると、神殿がとんでもなくにぎやかになりそうだけどな」

「楽しそうですよ」

リクがクスクスと笑う。

「とりあえず、地味な僧衣は廃止する」

「……それはどうでしょう？」

うーん、とちょっと首をひねったリクが続けた。

「そもそも神宮の祭事などの仕事は、祭司様たちがちゃんと把握していますからね。祭主様がちゃらんぽらんでも別に問題ないんです」

「ちゃらんぽらんで悪かったな…」

思わず朔夜はうめく。

「だから、朔夜様は他にやりたいことがあれば、そっちに力を入れればいいんじゃないですか？　あ、星を見るのが好きなんだったら、朔夜様自身がそういう仕事をやってみてもいいし」

「それこそ、専門職だろうが」

朔夜は軽く肩をすくめる。

観察して、記録して、計算して、とそんな地味で根気のいる作業ができるとも思えない。ただ、ぼーっと見ているのが好きなのだ。

ただ…、そういう連中に、自由にやらせてやれる環境を与えられればいいんだろうな、とは思う。

神宮が解体されれば、それも難しくなるのだろうか。

「……つーか、祭主には王族の誰かをもってくりゃいいんじゃねぇのか？　いるだろ？　何か…、気候とか天候とかを読むのがうまそうな動物。そういうのが得意そうな守護獣を持ってる王族とかな」

ああ！　とリクがパッと顔を輝かせた。

「いそうですねっ。たいていの動物は人間よりもお天気に敏感だと思いますけど。でも……、ええ、特に強そうな動物も。守護獣でいないのかな…？」

いくぶん真剣にリクが考え始める。

「おまえは鈍感そうだけどな。夜の方が元気だしな」

「ほっといてくださいっ」

にやっと笑って言うと、リクがぷっと口を膨らませた。それでも、どこかわくわくした様子で声を弾ませる。

「一度、探してみたらどうですか？　朔夜様も一応、王家の血を引いてるんなら、もしかしたら誰か守護獣になってくれるかもしれないですし」

「うっすい血だけどな…」

朔夜は肩をすくめる。

「あ、蒼枇様に聞いてみましょうか？　主のいない守護獣のこととか、能力とか、とてもくわしいですしっ」

しかしリクの口から出た蒼枇の名前に、朔夜の胸に重苦しい影が落ちた。

「そこまでのことじゃねぇだろ」

知らず、ぶっきらぼうな言葉が吐き出され、なぜかいきなり不機嫌になった朔夜に、リクがとまどったように首をかしげる。

朔夜は、努めて何気ないように尋ねた。

「おまえ…、そういや、いつまでここにいるんだ？」

そんな問いに、リクがハッとしたように目を見開いた。そしてちょっと視線を外し、テラスの手すりにもたれるようにして空を眺める。

「明日の会議が終われば、僕の役目も終わりますからね」

そんな言葉に、朔夜は無意識にギュッと手すりを握る手に力がこもった。

暗い、淀《よど》んだ思いがじわり…、と身体の奥底から流れ出る。

「ようやく蒼枇のところにもどれる、か…」

——あんな男のところに。

「ようやくあなたのお守りから解放されるわけです。できれば明日の会議では、少しは一位様や大臣方にいいところを見せていただきたいですね。そうじゃないと、僕の蒼枇様への面目も立ちませんから」

そんなふうに言ったリクに、朔夜は小さく唇を噛んだ。

「おまえ…、そんなにあの男のところに帰りたいのか?」

じわり、と押し出すようにそんな言葉がもれる。

「それは……そうですよ。蒼枇様は僕の主ですし。ひさしぶりに蒼枇様の布団で寝かせてもらうのも楽しみです。優しいんですよ、蒼枇様は。僕のためにちゃんと場所を空けてくれてますし。お気に入りの枕があるんです」

思い出したように、ふわりと微笑んでリクが言った。

そんな無条件の信頼に、朔夜は無性にいらだってしまう。

あいつはおまえの思っているような男じゃない、と、言ってしまいたくなる。

しかしそれは、リクを傷つけそうで恐かった。

「どうだかな…。案外、蒼枇の方はうるさいおまえがいなくなって、せいせいしてるんじゃないのか？　他の守護獣の面倒だってあるんだろうし」

どうしようもなく、つい、そんな言い方になった。

まさか、蒼枇が守護獣を売り買いしている……など、リクは知らないだろうし、知りたくもないだろう。

それに、ビクッ…、とリクの身体が揺れた。

「そんな…」

ハッと強張った顔で朔夜を見て、小さく声を震わせる。

「どうしてそんなひどいことを言うんですか…っ？」

「あの男は他にもたくさん守護獣がいるんだろ？　別におまえが特別なわけじゃない」

「そんなことありませんっ！」

叫ぶようにリクが声を上げた。

「蒼枇様はヒナから僕を育ててくれたんですっ」

「その男に厄介払いされたんだろ？」

冷たく言った朔夜に、リクが愕然《がくぜん》と目を見開く。

「違います……。勝手なこと、言わないでくださいっ」

震える声で食ってかかってくる。

「わかってるんじゃないのか？　本当はあの男が――、……うわっ！　つっ……！」

いらだつ気持ちのままに吐き出そうとした朔夜の言葉は、しかしものすごい勢いでたたきつけられた羽で封じられた。

いつの間にか本体のフクロウにもどっていたリクが、朔夜の顔に飛びかかってきたのだ。

『やっぱりあなたは最低の人間ですねっ！　祭主の資格なんかありませんっ！』

バタバタと朔夜の顔をたたき、鉤爪で頭や腕をめちゃくちゃに引っかくと、それだけ言い捨てて夜空へ飛び出した。

「――リク…！」

反射的に声を上げたが、その小さな姿はすぐに闇に紛れてしまう。

手元に残ったのは、抜《ぬ》け殻《がら》のような服だけだった。

ハァ…、と思わず深いため息をつき、朔夜は手すりにもたれかかった。

あんな……ひどい言葉を投げつけるつもりはなかった。

ただ、どうしても許せなかったのだ。

このまま……あの男のところに帰すのは。

だが、リクにぶつけることではなかった。そしてリクに何かを言ったとしてもリクは信じないだろうし、仮に信じたとしても……リクの、守護獣の方から主に対して何かできるわけでもない。

守護獣から、主を切ることはできないのだから。

何もしてやれないもどかしさに、朔夜はいらだつ。

いっそ——本当に買い取ってしまえばいいんだろうか……？

そんなことを考えてしまう。

しかし、ふっと思い出した。

そうだ、守護獣が不当な扱いを受けているのであれば、たった一つだけ、「契約」を切らせる方法がないわけではない。

朔夜の数少ない友人といえる、七位様——守善が遅ればせながら開かせた能力が、それだった。

主から理不尽な扱いを受けている守護獣の契約を、強制的に切る。

しかしそれにしても、守護獣の方が不当な扱いを受けている、という自覚がなければダメだろう。

そういう意味でも、蒼枇は巧妙だった。

本来、金で守護獣をやりとりするようなことは許されないはずだ。ならば、今までも蒼枇は裏でそんなことをしてきたのだろうか？

それを暴くことができれば、蒼枇の方を処分することで、守護獣たちを解放できるのだろうか…？

だがそれを、リクが……守護獣たちが望んでいるのかどうかもわからない。

いずれにせよ、朔夜あたりが訴えたとしても、まともにとりあってもらえるとは思えなかった。遊び人の戯言《たわごと》くらいにしか思われないだろう。

今さらに、自分の力のなさに腹が立った。

せめて、「朔夜」という名にふさわしい評価を得ていれば、少しは耳を貸してもらえるのかもしれなかったが。

そう、ペガサスを守護獣に持ち、常に公正な判断を下されるという一位様であれば、おそらく。

……明日。

ふっと、朔夜は思い出した。

明日の会議には一位様も出席する。

ならば、チャンスはあるのかもしれない。

ただそのチャンスを作るためには、明日の会議、失敗することはできなかった。

そして、当日。

リクは朝から姿を見せなかった。

それでも準備だけはきっちりとしてくれていたので、なんとか会議にのぞむことはできる。

黒江や柊が、リクがいないことを訝《いぶか》りながらも、あわただしく手伝ってくれた。

会議は王宮の一室で行われる。中奥、と呼ばれる、かなり奥まった場所だ。主に、王族たちの仕事場があると聞いている。

ふだん、行き慣れている場所でもないので、さすがに少し、緊張していた。

リクが側にいれば心強かっただろうな…、とちらっと思い、しかし「柄にもなく弱気ですね」とでも、鼻で笑われそうなところだ。

時間前に到着していたのだが、なかなか会議は始まらなかった。

朔夜が呼び込まれる前に、他の出席者は中へ入っていたが、なにやらそこで話し合いが行われているようで、しかもかなり紛糾していた。

そしていったんほとんどの者たちが外へ出され、中では一位様を始め、数人のトップだけで何かが検討され始めたらしい。

状況もわからないまま、朔夜はいらいらと待つしかなかった。

そんな中だった——。

朔夜のところから飛び出したものの、リクは蒼枇のもとへ帰ることもためらっていた。

厄介払い、と朔夜に言われた言葉が胸に刺さっている。

そんなはずはない、と思ってはいたが、やっぱり……自分でも不安なところがあったのだ。蒼枇にとって、何の役にも立っていない自分は邪魔なんじゃないか、と。

だからこそ、笑い飛ばすこともできず、ムキになってしまった。

ぼんやりと一人、フクロウのまま林の中で夜を過ごして、朝日が昇った頃、ようやくのろのろとリクは動き出した。

◇

◇

ちょこん、と目に入った切り株の上にすわりこむ。

今日は会議の日だ、とぼんやりと気づいた。祭主の資格なんかない、と思いきりわめいたことを思い出し、ちょっと動揺する。

大事な会議の前だったのに。

放り出さずに、朔夜はちゃんと行くだろうか……？

自分がいなくても、多分、黒江や柊がついていてくれるだろうと思うが、少し心配になる。

でも、あんなひどいことを言われる筋合いはなかった。

——どうして……？

淋しさと悔しさと、わけがわからない理不尽な思いで体中がいっぱいになる。

そんなに……悪い関係じゃなかったと思う。最初はぶん投げられたりもしたけど。

お風呂に入れてくれるし、水浴びもさせてくれるし。

朝、朔夜を起こしたあと、朔夜が身支度をすませるまで、水浴びして朔夜の体温の残る布団にくるまって寝て待ってるのが好きだった。昼間、ぽかぽかと陽の当たる執務室でうとうとしていたリクが落っこちてもいいように、あの派手な服を下に敷いてくれていたこともある。

何より…、リクを助けてくれた。

花街の妓楼であんなふうに飛び出して、でもリクが死にそうになっていたことにちゃんと気づいてくれたのだ。

うれしかったのに。一緒に仕事をするのも、楽しかったのに。

どうしてあんなに怒っていたのかわからない。何に対して怒っていたのかも。

もしかして、気が立ってたんだろうか？　会議の前だから。

リクはそっと息をついた。

やっぱり、せっかく今までがんばったんだから、朔夜にはうまくやってほしいと思う。それで、朔夜の将来も決まるのだ。

そうなれば、リクも胸を張って主のもとへ帰れる。

……できるだけのことはやったのだ。

ちゃんと自分の役目は果たしたのだと思う。主にもきっと、リクが役に立つことはわかってもらえるはずだ。

――帰ろう……。

ようやくのろのろと、リクは身体を動かした。

しかし羽を開くことができない。

蒼枇のもとへ。……それとも、朔夜のところへ？

どうしようもなく、迷ってしまう。

もう、主のところへ帰ってもいいのだとわかっていた。自分の役目は終わったのだ。

だけどこのまま朔夜のもとを離れたら、もう二度と、あの場所には行けないような気がした。

朔夜の腕の中には。

それでも、別に問題はない……と思うのに。

リクには主がいるのだから、朔夜に撫でてもらう必要はない。

だけど、羽が動かなかった。

……会議は、どうなったんだろう……？

ぼんやりと思う。

あんなふうに朔夜のところを飛び出して、朔夜はちゃんと会議には出たのだろうか？

ふいに、心配になった。

ついてなくて、大丈夫だろうか……？

――会議に出てるかどうかだけ、確かめてこよう。

ようやくそんなふうに思って、飛び立とうとした時だった。

「あれ？　リクさん」

ふいに呼びかけられて、ふっと振り返ると、青桐が立っていた。

大きめの籠《かご》を片手に提げ、キノコか何かをとりにきたのだろうか。

「どうしたんですか、こんなところで？」

『あっ…、いえ、……ええと、朝の散歩をしてたんです』

首をかしげて問われ、あわてて、愛想笑いでリクが答えた。

「散歩ですか。いい季節ですよね。……あ、そうだ。朝食、まだでしょう？　これ、どうぞ。食べて

ください よ」

ふと思い出したように、腕に下げていた籠の中から、青桐が団子状のものを取り出して手のひらにのせた。

「料理人が新しいメニューに考えたらしくて。魚のすり身と野菜を混ぜたヤツなんですけどね。結構、イケますよ」

『あ…、ありがとうございます』

親切に差し出され、あまり何か喉を通る気はしなかったが、せっかくなのでリクはついばむようにして、それを口に入れた。

おいしそうに見えたが、今は妙に味がしない。

それを飲みこんでから、リクはちょっとうかがうように尋ねた。

『あの、朔夜様、もう準備されてましたか?』

「ああ…、会議のですね。どうでしょう? 朝食にはおいでじゃなかったみたいですね。黒江さんたちは準備にいそがしそうにしてらっしゃいましたけど」

言われて、やっぱり手伝った方がいいのかな、と思う。

それとも朔夜を起こしに行った方がいいんだろうか……? もしかすると、ふて寝しているのかもしれない。

頭の中でそんなことを迷っていると、ふと、妙に身体がくらっと揺れた気がした。

あれ？　と思う。

まだ朝で、そこまで眠い時間帯でもなかったはずだが、急激に身体が重くなり、何か引っ張られるように頭が前のめりに落ちていく。

「……リクさん？」

うかがうように、青桐が声をかけてくる。

『あ…、大丈夫……』

答えながらも身体は言うことを聞かず、止まっていた切り株からリクは地面に転げ落ちていた。

だが痛みは感じない。落ちた、という感覚もなかった。

眠い……ような気もするけど、何かいつもの眠気とは違っている気がする。

「ああ…、やっぱりちゃんとフクロウにも効くんですねぇ…」

のんびりと、そんな声が頭上から聞こえてくる。が、半分ばかり、意味はわからなかった。その声もずいぶんと遠い。

「うちの薬剤部が作ってくれた薬ですけど、人間用だとフクロウにはちょっと効き過ぎるのかもしれないな…」

そんなことをつぶやきながら、男が無造作にしゃがみこむと、リクの両足をつかんで身体を吊り上げた。

——なに……？

まったく状況がわからなかった。

頭の中に靄《もや》がかかり、次第に何も考えられなくなる。

身体がどこか薄暗い……そう、籠だ。男の持っていた手籠の中に押しこめられる。

「ちょっと手伝ってもらいますよ。そもそもあんな男に祭主が務まるはずもないんですから。あなたさえ来なければ、何もしなくてもあの男は神宮を去ったはずなんですけどね…」

林の中をどこかに歩き出しながら、青桐がつぶやいている。

そんな声がどんどんと遠くなり……やがてリクは意識を失っていた。


どのくらいたったのだろう。

気がついた時、あたりはぼんやりと明るい陽が差していた。

一瞬、どこにいるのか……何があったのか、まったくわからず、ただきょろきょろとしてしまう。

だがすぐに、身動きがとれないくらい狭いところにいるのがわかった。

籠の中だ。

あ…、と思い出す。

そうだ。あの団子を食べたら急に眠くなって。籠に放りこまれて。

――どうして……、あの男……？

さっぱり意味がわからない。朔夜がどうとか言っていたようにも思うが。

何か、悪い予感がした。

ふいにあせるような思いで、リクが籠の隙間からあたりの様子をうかがうと、どこか馴染んだ雰囲気が感じられた。部屋の間取りとか、大きさとか。ベッドの位置や窓の形。

宿舎の部屋だった。

――なんで……？

どうして自分の部屋にいるんだろう、と一瞬驚いたが、よく見れば自分の部屋ではなかった。

おいてある私物が違う。

ということは、同じ宿舎の別の部屋ということだろうか。

じっと耳を澄ましてみるが、聞こえてくるのは鳥のさえずりや、風が木の葉を揺らす音くらいで、まったく人の気配はなかった。

どれだけ寝ていたのかわからないが、窓から差しこむ陽の光を見れば、真っ昼間だということはわかる。午後の早い時間、というくらいか。

だとすれば、この宿舎を使っている祭司たちも仕事に出ているはずだ。

——逃げないと。

本能的にそう思う。

人間の姿になれれば、と思うが、こんなに狭い場所に押しこめられている状態では無理だった。身体が広げられる、まわりに何もない大きな空間でないと人の姿にはなれない。

羽ばたくような隙間もなく、リクは必死に身体を動かして、なんとか籠の蓋《ふた》を押し開けようとしたが、しっかりと紐《ひも》か何かで縛って閉じられているようだ。

くそっ、と思いながら、今度は伸ばせる範囲で思いきり首を伸ばし、籠の隙間を思いきりクチバシでつっつき始めた。

初めはまったく変化がなかったが、同じ場所を何度も何度もつっついているうちに、やがて隙間が広がり始め、それがだんだんと大きな穴になってくる。

もぞもぞと身体を動かしながら、リクは必死にその穴を広げていった。

顎が痛くなり、つっつく速度も強さもだんだんと落ちてきている気がしたが、なんとか気持ちを奮い立たせた。

朔夜に……何か起きてるんじゃないだろうか。

そんな不安で、胸がいっぱいだった。

あせりにつき動かされるように、リクは夢中で籠を壊し、ようやく身体が抜けられそうなくらいの穴に広げる。

しかし丈夫な繊維でできているわりに軽い籠は、抜け出そうとしても腰のあたりに引っかかってなかなか抜け出せない。もがくようにしているうちに、のせられていたテーブルの上から籠ごと転がり落ちて、まともに頭を打ってしまう。

『いた…っ』

思わず声を上げ、その鈍い痛みに涙がにじんだが、気にしている余裕はなかった。

テーブルの脚に籠を引っかけるようにして、リクはようやく籠から抜け出すと、クチバシで窓を押し開き、思いきり空に飛び立った。

目指したのは王宮だ。

この時間なら、すでに会議は始まっている頃だろう。

とはいえ、歴史を重ねるにつれ増築を重ねた王宮は、部屋一つ探すのも絶望的な広さだ。

――だ…誰かに聞かないと……っ。

飛びまわりながら、あせるようにそう思いつく。

あたふたと地上を見下ろすと、中庭を横切っているきれいな雪豹の姿が見えた。

ふだんなら、近づくにはちょっと躊躇《ちゅうちょ》するところだろう。うっかりすると、食べられる可能性がないわけでもない。

が、この時はそんなことをかまっている余裕はなかった。

王宮の中にいる雪豹なら、多分――いや、間違いなく、誰かの守護獣だ。主は王族だろうし、だとすると会議の場所も知っているかもしれない。

そうでなくとも、一位様が今どこにいるのかわかればいい。

『あのっ、あの…っ！』

滑空してかなりの勢いで近くに舞い降りると、ととと、っと勢い余って転げそうになる。それでもなんとか立て直し、あわてて舌足らずに声をかけた。

ふっと足を止めた雪豹が、優美な様子で振り返った。リクの姿にちょっと首をかしげる。

見かけない顔だな、という様子だ。

『か…かっ、会議…っ、あの…、神宮の会議って、どこでやってるか知ってますか…っ？』

挨拶も何もなく、突撃するような勢いで尋ねていた。

それに雪豹がしなやかに首をまわす。

『それにおまえが何の用だ？』

鋭く聞かれ、リクは必死に答えた。

『あ、あのっ…、僕は今、朔夜様の補佐をしてて…っ。あっ、もともとは蒼枇様の守護獣なんですけど…っ』

あせってしまって、しどろもどろの説明になる。

それでもなんとか、身元は汲《く》み取ってもらえたようだ。

『ああ…、今、守善も行っているはずだ。重要な会議のようだな。王族や重臣たちだけで話し合われているようだから、確か中奥だと聞いたが』

『どこですか…っ？』

静かに答えられ、勢い込んでリクは続けた。

そんなあせったリクの様子を眺め、雪豹がくるりと身体の向きを変えた。

『ついてこい』

短く言うと、ゆるりと歩き始め、次第にその速度が速くなる。

リクはあわててそのあとを追った。

いくつも回廊を抜け、中庭を突っ切り、何度も角を曲がり、危うく見失いそうになりながら、必死に追いかける。

――ぜ、絶対、迷子になる……！

一人だったら、絶対に無理だ。

そんな確信を持ちながらも、なんとか追いすがっていくと、やがて静かな一角に入り、人通りも今までに比べてグッと少なくなった。

中奥、と呼ばれる場所だろうか。

少しスピードを緩めた雪豹のあとに続くと――。

「――イリヤ！」

ふいにそんな大きな声が聞こえ、ピクッと雪豹が耳を立てた。

「どうした？　急用か？」

体格のいい、兵士らしい男のそんな呼びかけに、イリヤがまっすぐに向かっていく。

この雪豹の――イリヤの主だろうか。守善、とかさっき言っていた男。

と、その横に。

『蒼枇様…！』

馴染んだ顔を見つけ、リクは夢中で飛び出した。

「リク」

守善と何やら難しい顔で立ち話をしていたのは、蒼枇だった。

いくぶん驚いたように、表情が変わる。

そっと開いてくれた腕の中に、リクは飛びこんだ。

「どうした、リク？　姿が見えないと思っていたが…。いや、それよりおまえ、朔夜殿がどこにいるか、知らないか？」

いつも冷静な蒼枇にしては、いつになく気が急くように尋ねてくる。

が、その言葉に、えっ？　と思わず声を上げてしまった。

『さ…朔夜様、どうかしたんですか…っ？』

知らず震える声で尋ねる。

「しばらく前から姿が見えないのだよ」

「朝には来ていたはずなんだけどな。いつの間にか消えてて」

顎を掻きながら、守善が厳しい表情でつぶやく。

ふと気がつくと、あたりには身分の高そうな男たちが数人、あちこちで固まって、何やら話しているようだった。

奥の方では観音開きに開かれた扉があり、中にも数人の人間がいるのがわかる。

一番奥にすわっているのは——一位様だ。

相変わらず美しく、気高く、しかし厳しい表情で手元の書類をめくりながら、囲んでいた数人の男たちの話を聞いている。

「……だから、逃げたんですよ。噂の多い男ですからね。やる気がなくなったか、追及されることを恐れたんじゃないですか？」

「例の乱闘騒ぎ…、本当に面汚しだな」

すぐ近くから、そんな話し声が聞こえてきて、リクは思わず蒼枇を見上げた。

「会議の前段階で、いろいろと問題が提起されてね…。主に、朔夜殿の人となりだが」

察したように、蒼枇が説明してくれる。

つまり、素行、ということだろう。

「あいつ、この間……夜の街でちょっとした騒ぎを起こしたらしいな。数人相手に、殴り合いの乱闘になったとか。まあ、酔っ払いのケンカだ。そんなにうるさくいうほどのことじゃないと思うんだがな…」

守善が渋い顔でため息をつく。

『そ…、それって……』

もしかすると、あの夜の、だろうか？

リクを助けてくれた時の。

一気に心臓が冷え、小さく身体が震えてしまう。

「名や身分は明かしていなかったが、……まあ、なにしろあの風体だからね。目立つんだよ。近くで見ていた者が何人かいたようでね」

蒼枇が苦々しい笑みを浮かべてみせる。

『そ…それは……っ、それは朔夜様のせいじゃありませんっ！　僕が……っ』

思わず泣きそうになって、リクは蒼枇の腕にしがみついた。

『朔夜様は僕を助けてくれただけで…っ』

「リク…」

つぶやいてじっとリクを見つめた蒼枇が、優しく頭を撫でてくれる。

「とにかく、今は朔夜殿を見つけないとね」

そんな言葉に、ハッと思い出した。

『ぼ…僕っ、今まで捕まってたんです。籠の中に…！　あの、神殿の祭司の一人の…、青桐さんに…っ！』

そんな訴えに、蒼枇と守善がふっと顔を見合わせる。

「……なるほど。もしかすると、呼び出された可能性があるな」

守善が低くつぶやいた。

「どこで捕まっていたの？」

『神殿の林で。……あっ、宿舎の部屋で閉じこめられてました』

蒼枇に聞かれ、あわてて答える。

「だったら、そこからそう遠くないのかもしれないな…」

顎を撫でながら、守善が口にする。

「リク、大丈夫かい？」

無意識に小さく震えていたリクに、蒼枇が優しく声をかける。

『は…、はい…。——あの、僕……、朔夜様を探してきます…！』

思わず声を上げ、飛び立とうとしたリクに、蒼枇が言った。

「リク、気をつけるんだよ。もし危険なようならむやみに近づかず、助けを呼びなさい。いいね？

他にも捜索を頼むから」

『わかりました…！』

答えると同時に、リクは蒼枇の腕から飛び立った——。

◇　　◇

朔夜がその男に呼び止められたのは、会議が始まる少し前だった。

いや、本来ならとっくに始まっていていい時間だったのだが、何か、その前段階で紛糾しているらしく、しばらく待て、という指示だったのである。

状況がよくわからず、少しばかりいらいらとしていたところだった。

気持ちを紛らわせるように厠《かわや》へ行き、その帰りだ。

「朔夜様…！」

少しばかり血相を変えた様子で、一人の男が走って近づいてくる。

顔に見覚えはあった。青桐、だっただろうか。着ているものを見ても、神殿の祭司だということは確かだ。

「何だ？」

いくぶん不機嫌に、ぶっきらぼうに尋ねた朔夜に、男が咳きこむようにして、布に包んだものを懐から取り出し、朔夜の前で開いてみせる。

「これ…、これをご覧ください…っ」

布に包まれていたのは、何かの羽だった。

少し長めで、灰色がかっている。先の方は少し茶色の模様も見えた。

見たことがあるような気がした。

リクの……尾羽ではないだろうか。

しかもその羽には、べっとりと血がついていたのだ。

「おい、嘘だろ……？」

思わずかすれた声がこぼれ落ちた。

「リクか…っ!?」

思わず男の手首をつかむようにして問いただす。

「わ…、わかりません…っ。裏の林に羽がいっぱい落ちていて……。何かに襲われたのかもしれません…っ」

「クソ…っ」

男のそんな言葉に思わず吐き出すと同時に、朔夜は走り出していた。

まさか、と思う。全身が何か冷たいものに覆《おお》われていくようだった。

——俺が……ゆうべ、あんなことを言ったから……。

「朔夜様…！　朔夜様っ？　どこですか？　もうすぐ始まりますっ」

黒江の声が遠くで聞こえてきたが、朔夜は振り返ることもしなかった。

王宮からは馬で神殿まで駆けもどり、そのまま林の手前まで突っ切ると、ようやく馬の足を止める。

くわしい場所を聞いてなかったな…、と今さらに思い出しながら、朔夜は思い切って林の中へと足を進めていった。

気のせいか、いつになく小鳥たちも声を潜めているようで、不気味に静まり返った林の中に、自分の声だけが広がっていく。

「リク…！」

あんなに血まみれでは、たとえ生きていたとしても答えられるはずはない、とは理性ではわかっていたが、呼ばずにはいられなかった。

だが青桐が羽だけを見つけたということならば、本体は……持って行かれた、ということだろうか。

あるいはすでに……。

おそろしい想像に、ゾッと背筋が凍りついた。

考えられなかった。とても考えたくない。

それでも無意識に、薪小屋へ向かう歩道に沿って、朔夜は足早に歩いて行った。

見つけたくない、という気持ちと戦いながらも、左右の草むらに注意しながら進むと、ふと、何か乱れた足跡が残っている場所に気づく。

ハッとして足を止め、そこから道を外れて林の奥へと進んでいった。

草むらをかき分け、古い切り株が残っているのを見つけて、そっと近づくと――現れた光景に思わず絶句した。

切り株の根元あたりにたくさんの羽が散らばり、血の跡も残っている。

「リク…」

呆然とつぶやき、朔夜は息を呑んだ。

いや、まだリクと決まったわけじゃない。

そう心の中で繰り返すが、頭の中は真っ白だった。

無意識に地面にしゃがみこみ、震える指で羽を拾い上げる。

色も模様も、やはり知っているリクのものに見えた。

「まさか……」

乾いた声が唇からこぼれ落ちる。

頭の中が真っ白で、何も考えられなくなる。

――その時だった。

サクッ…、と軽く地面を踏む足音が耳に届いた。――と、気づいた瞬間だった。

ガン…、とものすごい衝撃が後頭部を襲った。

「な……」

なすすべもなく身体が地面に崩れ落ちる。

「バカだな…」

最後に意識に残ったのは、嘲るような男の声だけだった——。

◇　　◇

神殿のあたりまで飛んでもどったリクは、とりあえず出会った人間ごとに『朔夜様、見ませんでしたかっ？』と聞いてみたが、誰も見ていないようだった。

『あっ、青桐さんはっ？』

思い出して尋ねるが、どうやらこちらも昼過ぎから姿を消したらしい。

「そういえば、今日は見ないなあ…。どこいったんだろ、あいつ」

同僚の祭司も、そんな怪訝そうな言葉をもらす。

それでも神殿の敷地をくまなく飛びまわると、林の手前で馬がつながれているのを見つけた。

朔夜が乗ってきたのか…？　ととっさに思い、リクは迷わず林の中へと入っていった。

拝殿や宿舎の裏側に広がる広い林は、薪小屋あたりまではそこそこ手入れもされており、心地よい風が吹き抜けていたが、そこから奥はかなり鬱蒼《うっそう》とした様子だった。

範囲も広く、どこを探せばいいのかもわからない。

とりあえず、薪小屋のあたりまで行ってみた。

朔夜が餌をやっていたリスは、あのあと黒江に引き取ってもらったので、もうそこにはいないはずだったが。

小屋の中やまわりを一通り飛びまわってみたが、やはり気配はない。

どこを探せばいいのか……。

と、側の枝に止まって考えこんだ時だった。

ふと、人の気配に気づいて、リクは思わず息を潜める。

すると目の前に、あたりの様子をうかがうようにして一人の男が姿を見せた。

顔に覚えはある。祭司ではない。

確か、央武、とかいう名の男だ。初魄の――前初魄の息子。

――どうしてこんなところに……？

怪訝に思いながらじっと様子をうかがっていると、左右を確認してから、男が薪小屋の中へ入っていく。

何をしてるんだろう、と思ったが、すぐに出てきた。

その右手には、薪割りに使う鉈《なた》が握られている。

今の状況ではあまりにも恐すぎる想像しか浮かばず、リクは恐怖に思わず身を縮めた。

央武はそろそろと小屋の戸を閉め、鉈を両腕で囲い込むようにして隠すと、足早に林の奥へと入っていく。

ハッと我に返って、リクはあわてて男のあとを追っていった。

そっと木々を飛び移り、見つからないように、こっそりと。

やがて男がたどり着いたのは、林の中を流れる小川の側に建つ、小さな小屋だった。

こんなところに小屋があるのも知らなかったが、央武はやはりこそこそと中へ入っていく。

姿が消えるのを待って、リクはそっと小屋に近づいた。

戸口の横に立って耳を澄ますと、低い、ボソボソとした話し声が聞こえてくる。

「おい、央武…。バカだな。おまえ、そんなもの持ってきたのかよ？」

嘲るように、別の男の声がした。

「だ、だって…。あいつ、秀桂は力、すごいじゃないか。何かあったら困るだろ」

おどおどと、央武の返す声。

——秀桂。朔夜だ。

ハッとして、リクはピクッと羽を震わせる。

ここにいる——。

確信して、そっと翼を広げ、小屋のまわりをゆっくりと回ってみた。ほとんど使われていない古い小屋のようで、あちこちに破れ目が見える。

中の様子を確かめながら、その一つからリクはそっと潜りこんだ。

中は薄暗かったが、リクにしてみれば十分な明るさだ。とはいえ、視力よりも耳を頼りに、リクはそっと進んでいった。

と、ボソボソと人の話し声が聞こえてきて、ハッと足を止める。

央武と、どうやらもう一人は永泰のようだ。

二人は正面の入り口から入ったところにすわっているらしい。

その背後をまわりこんで、奥の階段のところで、いったんリクは立ち止まる。二階へ伸びる階段がすぐに目に入ったが、ちょっと迷う。何か違う気がする。

しばらくじっとしたまま意識を集中し、耳を澄ます。

と、さらに奥の方から、コトッ…と小さな物音がした気がした。

部屋の奥は薄暗かったが、正面に壁があるのはわかる。そして、そのあたりに人影などは見えなかったが——。

とりあえずリクは、少しずつ、ちょんちょん、と跳ねて進んでみた。

するとほんのかすかな、荒い息遣いが耳をかすめる。

――どこ…っ？

しかしあたりに姿は見えず、あせって首を思いきりまわしてみる。

するとようやく、部屋の隅の暗闇に、妙にムラがある気がした。闇の色が少しだけ違う。

そっと、用心しながらそちらに進んでみると、どうやら地下への入り口があるようだった。

床から持ち上げられるくらいのわずかな隙間があり、かすかな空気の流れも感じられる。

あそこだ、と確信して、リクは入り口へ近づいた。

本当に薄い隙間だったけど、何とか頭をくぐらせ、身体をぺっちゃんこに押し潰して、必死に穴へ潜りこむ。が、勢いよく身体を押し出した瞬間、床がなく、そのまま落下してしまった。

とはいえ、曲がりなりにも鳥類だ。とっさに羽を広げて滑空し、暗闇の中、パサ…ッ、と床へすべり落ちた。

ほーっ、と息をついたとたん、今度ははっきりと荒い息遣いを感じる。それに、わずかに身動きする音。

思いきり首をまわしてあたりを見まわすと、隅の方に床へすわらされている黒い影が見えた。

『朔夜様…！』

あわてて羽ばたき、ひと飛びですぐ傍に舞い降りる。

間違いなく朔夜だった。猿ぐつわを噛まされ、声は出せないようだが、深い茶色の目がしっかりとリクをとらえている。

大きく見開かれ、ひどく驚いているようだ。

『すぐに……外しますからっ』

リクは肩口まで跳び上がると、クチバシを後ろの結び目に何度もつっこみ、必死に引っ張って緩めて、なんとか解くことに成功する。

半分ばかりずり落ちたところで朔夜がぶるぶると激しく首を振って、それを振り落とした。

あとは縛られている後ろの縄だ。

こちらはかなり大変そうだな…、と顔をしかめていると。

「バカ、人間になってやれば早いだろ」

大きく息を吸いこんだ朔夜が、憎たらしく指摘する。

助けに来てやったのにバカとはなんだっ、と思ったが、確かにその通りではある。

ムカッとしつつ、いったんリクは人の姿になった。

真っ裸なのでちょっと恥ずかしかったが、……まあ、暗闇だ。

相当にきつく縛られていて、人間の指でもかなり手こずり、指の皮が剝けそうになったが、ようやく解ける。

「よかった…」

額の汗を拭い、あらためて朔夜の顔を見つめると、顔中に殴られた痕があるのがわかる。おそらく体中、なのだろう。

無意識に手を伸ばし、リクはそっと傷を包みこむようにして頬に触れる。

「おまえ…、生きてたのか……？」

朔夜が闇の中で目をすがめ、確かめるようにそっと手を伸ばしてくる。おそるおそる、といった感じで、ちょっととまどってしまう。

「朔夜様……？　——あっ…」

次の瞬間、思いきり抱きしめられて、一瞬、あせった。

馴染んだ匂いにくらくらする。

——なんで……？

と、とまどったが、それでもその強い力に、ホッ…と安心する。

無事だった……。

全身に安堵が広がるとともに、ぐったりと男の胸に身体を預けて、——ハッと、今自分が全裸なのを思い出した。

「わっ…！」
あわててフクロウにもどったリクに、朔夜がなぜか舌打ちした。
それでも、腕の中にリクを抱え直したまま、長い息をついて壁により掛かる。
『もしかして…、僕が死んだと思ってた……？』
今さらに気がついて、うかがうようにそっと尋ねた。
心配を、かけたのだろうか……？　あんなふうに飛び出してしまったから。
「おまえの…、血だらけの羽を見つけたんでな」
そっと息を吐いて、朔夜が言う。
『羽……？』
え？　と思って、思いきり首をまわし、何気なく自分の背中を眺めてみると。
『あっ！　しっぽの羽が抜かれてる…！』
いかにもみすぼらしい、不揃いな尾羽にショックを受けた。
『ひどい……』
いつの間に、と思ったが、多分、眠らされていた間だろう。
それに朔夜が吐息で笑った。
『笑うことないでしょうっ。大変なんですよっ』

「そのうち生えるさ」

思わずムカッとして噛みついたリクに、朔夜があっさりと言う。

「それより、ここから出ねぇとな」

そんな言葉にハッと思い出した。

そうだ。こんなことをしている場合ではない。

『会議…！　急がないと……っ。みんな、探してますよっ』

ああ、とうなずき、朔夜が一階の床へと伸びる梯子《はしご》に近づいた。

『あ、僕が先に出て、様子を見ますね』

そう言うと、リクは先に梯子の上へと飛び上がった。

「気をつけろよ…」

低く押し殺した声で言いながら、朔夜がわずかに板を押し上げてくれる。

ぎしっ、と小さく軋《きし》んだ音がして、一瞬、身が縮む。

息を殺すようにして、ようやくそっとその隙間から這い出したリクは、床でうずくまり、あたりの様子をうかがった。

男たちの話し声は聞こえなかったが、近くにいる気配はない。外へ出たのかもしれない。

『大丈夫です』

そっと声をかけると、朔夜が板を大きく押し上げ、身体を持ち上げる。ふだんなら造作もない作業のはずだが、今はひどく大変そうだった。

身体に負った傷のせいだろう。打撲がひどそうだ。骨が折れてないといいが。

そんなことを思いながらハラハラと見守っていたリクは、朔夜がようやく床へ上がり、立ち上がった姿にホッとする。

――と、その瞬間だった。

『うわぁぁぁっ……!』

いきなり背後から、ものすごい力で全身をつかまれ、リクは思わず悲鳴を上げる。全身の毛が逆立ちそうだった。

「リク…!」

それに、あせったような朔夜の声が重なった。

「なんだ…、青桐のヤツ、逃がしてたのかよ…」

真後ろで響いた声に、ぶるっと身震いする。

永泰だ。

『は…、離して……っ。――ぐぅ…っ』

とっさにリクは暴れたが、さらに両手で押し潰すようにギュッと握りこまれて、息がつまりそうになる。

「やめろ…っ！」

朔夜の叫び声が薄闇に響いた。聞いたこともないような、せっぱ詰まった声だ。

「暴れるなよ、守護獣様…。俺もあんまり手荒なことはしたくないんでね」

背中からどこか楽しげな男の声が張りついてくる。

「いいかげんにしろよ、きさま…。何のつもりだっ！」

朔夜が真正面に男をにらみつけて恫喝《どうかつ》する。

「それはこっちのセリフだな、秀桂。おまえこそいったい何をするつもりなんだ…？　ええっ!?」

男の声がどこか狂気を帯びて響き渡る。

「何だと…？」

意味がわからないように、朔夜が聞き返した。

「おまえ一人、いいように立ち回りやがって…！　言っただろ!?　おまえは朔夜をやるような器じゃない。神宮をおまえなんかに任せてられないんだよっ！」

「だったらそれを一位様なり、正式な場で訴えりゃいいだろ？　おまえを支持してくれる人間が多ければ、おまえは次の天満に推されるだろうよ」

強いて感情を抑えるように、朔夜が強張った声で言った。

「じゃあ、おまえはどうなんだ？　俺を推すつもりなんかないだろうがっ」

その怒号に、朔夜が鼻で笑う。

「あたりまえだろ。こんなふざけた真似をするような危ないヤツに、神様のお守りはさせられねぇな」

「ふざけるなっ」

永泰がわめく。

「親父たちが失脚したおかげで、おまえ一人が残るなんてことはあり得ないんだよっ」

「だから、別に俺のせいじゃねぇだろうが」

いらつくように朔夜が吐き出す。

「つまりおまえには朔夜の適性がないことを、はっきりと教えてやればいいんだよ。会議をすっぽかして逃げれば、誰もおまえに朔夜を続けさせようとは思わないだろうからな」

——そのために……？

荒い息をつきながら、リクはあぜんとした。

「祭主が誰もいなくなれば、一から選び直さなくちゃいけなくなる。俺が親父の事件と無関係だとわかれば、返り咲けるんだよっ」

声を上げた男に、朔夜が淡々と尋ねた。

「無関係なのか？」

それに永泰が低く笑う。

「話は聞いてたさ、もちろん。あたりまえだろ？　だが、実質的には何も関わっちゃいない。やったのは親父たちだけだからな」

それに、ふん、と朔夜が鼻で笑う。

「十分、関わってるだろ」

実際、その計画があることを知っていたのなら。そしてそれを隠していたのなら、同罪だと言える。生まれるはずだった利益を、自分も得ようとしていたわけだから。

「黙れっ！」

「それでどうするつもりだ？」

わめいた永泰に、ぴしゃりと朔夜が尋ねた。

「リクは蒼枇様の守護獣だ。傷つけてタダですむとは思ってないだろうな？」

押し殺したような朔夜の怒りが、じわりと迫ってくる。

「俺が傷つけるんじゃないからな」

それに、へらっと永泰が笑う。

「何……？」

「やるのはおまえだよ」

怪訝につぶやいた朔夜に、男が楽しげに言い放つ。

「おまえがコイツを殺すんだ。むしろ、俺たちはこいつを助けてやるのさ。……いや、助けてやろうとするだけだけどな」

喉で笑った男の声が不気味に身体を縛る。

どういう意味か、などと聞く必要はなかった。

つまりリクを殺して、朔夜の罪にする、ということだ。

そして、朔夜も――。

「おいっ、央武っ！」

ふいに永泰が声を上げ、もう一人を呼ぶ。

すると、戸口の方からのろのろともう一人の男が姿を見せた。

蒼白な顔で、銃を片手に提げて。

「役に立ってよかったな。おいっ、コイツを殺せよっ！」

永泰がけしかける。

「お…俺が……？」

しかし央武は蒼白な顔で、小さく震えている。

「そうだよっ、おまえがだ！　早くしろっ」

いらだたしげに声を荒らげた永泰に押されるように、薄闇の中、央武がじりっと朔夜に近づいた。

――だ…だめ……っ、だめ……っ！

リクは思わず声を上げたが、喉に張りついて音にならない。

朔夜がゆっくりとそちらを向き直った。

「相変わらず、永泰に使われているようだな。おまえに俺が殺せるのか？」

落ち着いた声だった。

「お…俺は……」

立ち止まり、混乱したようにあたりを見まわした央武に、永泰が吠える。

「早くしろっ、グズがっ。今のこいつは何もできねぇんだよっ！」

「本当にそう思うか？」

朔夜が獰猛に笑ってみせると、央武がヒッ…、とすくみ上がる。

そして次の瞬間、わぁぁぁぁっ！ と声を上げて、戸口の方へと走り出した。入り口の脇で膝を抱え、ガクガクと震え出す。

「チッ…、使えないヤツだな…！」

永泰が吐き捨てる。

「おまえもいいかげんにしとけよ…。こんなセコイやり方しかできないおまえに比べりゃ、おまえの親父は大物だったさ」

「何だと…！」

朔夜の言葉に、ギリッと永泰が奥歯を噛みしめる。

「それ以上やったら、おまえも親父と一緒に処刑台だぞ？」

「黙れ…っ！　――それ以上、近づくな！」

言いながら、じりっと間を詰めるようにした朔夜に、永泰があせったように声を上げた。

「ふざけるなよっ、いつもいつも人をバカにしたように見やがってっ」

わめいた永泰に、朔夜がわずかに目をすがめる。

「バカにしてたのはおまえの方かと思ったが？」

「ああ、おまえはバカだからな！　バカならバカなりに、おとなしくしてりゃよかったんだよっ！

これ見よがしに派手に遊びやがって…！」

「八つ当たりか？」

「うるさい…っ」

せせら笑った朔夜に興奮したように嚙みつき、永泰がリクの翼を思いきり引っ張った。

『や…っ…！』

身体が軋み、思わず声が出る。

開いた翼をあり得ない方向に折り曲げられそうになって、リクは恐怖で全身が固まった。

「よせ…っ」

ハッと足を止め、朔夜が声を上げる。

その様子に、いかにも楽しげに男が笑い出した。

「そんなに大事か？　おまえの守護獣でもないくせに。……まぁ、借り物のコイツに傷をつけたら、蒼枇様の不興を買うからなァ…。出世は望めないしな」

「別にそんなことは望んじゃいないけどな」

低く返した朔夜に永泰が吐き出す。

そしてリクの翼を重ねて片手でつかみ直すと、懐から短剣をとり出し、見せつけるようにして右手に構える。

「リク…」

小さく息を呑み、朔夜が目を見開いた。

「どうだかな…。おい、そこに膝をつけ…！」

永泰が高圧的に命じる。

そっと息を吐き、のろのろと朔夜がそれに従う。

「後ろを向けよ」

そしてさらに続けられて、言われるまま、朔夜がこちらに背中を向けた。

『ダメ…っ！　朔夜様…ッ、ダメっ！　いいから逃げて…っ』

「おとなしくしろっ！」

その先の展開が目の前に浮かぶようで、たまらず声を上げたリクだったが、刃先がリクの喉元に押し当てられ、どうしようもなく身がすくむ。

「リク…！　大丈夫かっ？」

こちらの様子が見えないのがもどかしいように、朔夜が声を上げる。肩越しに振り返ろうとしたが、永泰が一喝《いっかつ》した。

「前を向いてろ！　……ハハハッ、いいざまだな、秀桂」

嘲るように笑いながら、永泰がジリジリと朔夜に近づいていく。

「どうだ？　命乞いでもしてみろよ…？」

「リクを離してくれるんならな」

それでも冷静に返した朔夜の声に、涙がボロボロと溢れてきた。

——どうして……っ？

たまらず、心の中で叫ぶ。

「あぁ。約束してやるぜ？」

まったく信じられない調子で言いながら、永泰が朔夜の背中に大きく短剣を振りかぶる。

『危ない…っ！』

振り下ろされた瞬間、リクは声の限りに叫ぶと、思いきり身体をバタつかせた。

立っていた男のバランスが、わずかに崩れる。

と同時に、振り返った朔夜が振り下ろされた短剣を左腕で受け止めた。

それはまともに朔夜の腕に突き刺さり、リクは一瞬、息が止まる。

『さ…朔夜様……っ！』

が、次の瞬間、朔夜がもう片方の腕で短剣を握っていた男の腕を押さえ込み、入れ替わるように体重をかけて一気に身体を床へ組み伏せたのだ。

ぐおっ、と濁った声が吐き出され、永泰が床へ沈む。

さすがに場数が違っていた。

「いいかげんにしろよ…っ！」

そして押し詰めたような声とともに、朔夜が思いきり右の拳を男の腹にたたき込んだ。

ごぶっ…、と胃液を吐き出すような音とともに、床で男の身体がよじれ、気を失ったのか動かなくなる。

いつの間にか男の手から放り投げられていたリクは、危うく空中で体勢を立て直し、荒い息ととももにゅっくりと床から立ち上がった朔夜を見つめた。

ふぅ…、と長い息をついて、ふっと朔夜が振り返る。

「リク」

穏やかな声で呼ばれて、ハッと我に返るように、リクはあわてて男のところへ飛んで行った。

右腕だけで胸に抱きこまれたが、リクにしてみればそれどころではない。

『さく…朔夜様……ッ、腕……、短剣が……っ』

自分でも何を言っているのかわからない。

朔夜の左の腕にはまだ、短剣がぶっすりと刺さったままだったのだ。

「ああ…、たいしたことないさ」

何でもないように言いながらも、額にはじっとりと汗が浮いている。痛くないはずはない。

と、その時だった。

「うわぁぁぁぁぁぁぁっ！」

部屋の隅で鉈を立ったまま、こちらを凝視していたもう一人の男――央武が、いきなり獣のような咆哮《ほうこう》を上げた。

ビクッとしたリクを強く引きよせたまま、朔夜が一瞬、身構える。

が、央武はそのままわめきながら、小屋の外へと飛び出していた。

「まずいな……」

あっけにとられたリクだったが、朔夜の方はいくぶん厳しい表情で小さくつぶやく。

確かに言われてみれば、あの状態で誰かに会うとどんな惨劇が起こるかわからない。

『お…、追いかけますっ』

「あ、おい、リク…！」

背中から朔夜の声がしたが、かまわずリクは小屋を飛び出した。

――と。

『おいっ、大丈夫かっ？　――うおっ…？』

ドタドタと林の方からクマのゲイルが走ってくるのが見える。

そして次の瞬間、ちょうど同じ道をそちらに向かって死にもの狂いで走っていた央武の身体が高々と吹っ飛ばされていた。

ほとんど事故のような正面衝突だ。

とはいえ、ゲイルの方はさしたる衝撃はなかったようだが。

突然のことに、きょとんとしている。

「……ああ。大丈夫じゃなさそうだな。央武の方が」

あとから出てきて、バッチリとその現場を目撃したらしい朔夜がうなる。

『そうですね…』

リクも、瞬きもせずにその光景を見つめながら、思わずつぶやいた。

ぶつかった勢いで飛ばされたらしい鉈がくるくると空中を舞い、バスッ！　とゲイルの鼻先をかすめて地面に突き刺さる。

『――ヒッ！』

クマが尻餅をつくように後ろへ倒れ、目を丸くしていた――。

◇　◇

朔夜のケガもあり、そうでなくとも永泰たちの事後処理もあり、結局、この日の会議は延期ということになった。

会議では、永泰たちの祭主としての適性やら、父親たちの陰謀への関与の有無やら、そんなことも審議される予定だったのだが、結局、この騒ぎが証明する形になったわけだった。

早く手当てをっ、とリクが青い顔で騒ぎ立て――フクロウ姿だったので、実際に青かったかどうかはわからないが——とりあえず朔夜は神殿の医務室で処置してもらった。

筋肉のおかげかさほど傷も深くはなく、ようやく安心したらしいリクは、どうやら体力と精神力に限界が来たらしく、いつの間にか、くーっ…と眠りに落ちていた。

朔夜はそれを抱き上げて、とりあえず自分の館にもどる。

ベッドに寝かしてやると、鳥として正しいのかどうなのか、前のめりに枕に顎をのせるようにもたれかかって爆睡していた。

この騒ぎで少しばかり動揺していた神殿の者たちに指示を出すため、いったん館を離れた朔夜だったが、再びもどって来ても、リクは同じ体勢のままだった。

会議やら、永泰とのやりとりやらで、さすがに朔夜も少し疲れていたこともあり、何気なくリクに添い寝してやる。

枕を貸してやったので、起こさないようにその横で。

『ん……？』

夕方近くなって、ようやくリクが目を覚まし、……あれ？　というように、きょときょとあたりを見まわした。そしてハッと思い出したように、バサバサッ、と反射的に羽ばたきする。

『さ…朔夜様…っ？』

「なんだ？」

それに横でのんびりと返してやると、パタパタと翼を広げてなかば飛ぶように、しかしなかば這うようにして、朔夜の胸によじ登ってくる。

『ケ…ケガ…っ、大丈夫ですか…？』

「ああ。たいしたことはない」

あせったように聞かれて、包帯を巻かれた腕はまだ多少、ズキズキと痛んではいたが、さらりと朔夜は答える。

ホッとしたように、リクが息をついた。

「おまえは大丈夫だったのか？」

そっと指を伸ばした朔夜は、指先でリクの翼のつけ根を優しく撫でてやる。

永泰にずいぶんと乱暴につかまれていたようだったが。

『あ…、僕はぜんぜん…っ』

ぷるぷると頭を振ってから、ちょっとうつむくように頭を落とした。

『あの…、ごめんなさい』

どこかしょんぼりとした様子であやまったリクに、朔夜は怪訝に首をかしげる。そしてあえて、からかうような調子で言った。

「どうした？　おまえらしくもなく、ずいぶんと殊勝《しゅしょう》だな」

ちょいちょい、とくすぐるように喉元のやわらかい羽毛を撫でながら。

『だって…、僕が飛び出したりしたから』

「むしろ、さっきは俺が助けてもらったような気もするが」

実際のところ、リクが来てくれなければどういう状況になっていたかわからないのだ。

『あっ！　そうですよね。そうでしたっ』

気がついたように、リクがパッと顔を上げる。

調子がいい。

「どうしてあそこにいることがわかった？」

ふと、疑問に思って朔夜は尋ねる。

『探したんですよ。あちこちと。……その、僕も青桐さんに捕まってたから。何かヘンなことが起こってそうで、会議を見に行ったら、案の定、あなたがいなくて』

……案の定とはなんだ、と思わないでもなかったが。

あの時は、リクの血まみれの羽を見せられて飛び出したんだというのに。

しかしどうやらリクの中で、自分は常に問題を起こしている男らしい。

ちょっとした仕返しに、少しばかり意地悪く、ああ…、と気がついた様子で、朔夜は指摘した。

「その時に尻の羽を抜かれたんだったな」

嫌なことを思い出したらしく、リクがうっ…、と言葉につまる。ちょっと羽を広げて、後ろを心配そうに確認する。

それでも気を取り直して続けた。

『それで…、蒼枇様たちがあなたが呼び出されたんじゃないかって』

「あの男が？」

朔夜はちょっと眉をよせる。

『あ…、もしかして僕の羽で呼び出されたんですか？』

パッと思いついたように聞かれて、朔夜は肩をすくめるように答える。

「まぁな…」

『心配してくれたんですね…？』

ちょっとうかがうように聞かれて、朔夜は返事の代わりに喉元を指先でくすぐった。

そして逆に尋ねた。

「おまえだって、心配で俺を探しにきたんだろ？」

『……しましたよ。いっぱい』

つん、と横を向いて言ったリクの頭を、朔夜は優しく撫でてやる。それに気持ちよさそうに、リクが頭をこすりつけてきた。

「そういえば、蒼枇様は…、守護獣の調教……再調教をしてるんだろう？」

ちょっと唇をなめ、言葉を選ぶように朔夜は口を開いた。

『そうですよ？』

なんだ？ というみたいに首をかしげ、しかしさらりとリクが答える。

「その守護獣っていうのは、……つまり、希望すれば買ったりもできるのか？」

一般化した話で、朔夜は尋ねた。

『はい？』

一瞬、意味がわからなかったように、リクがきょとんとする。

「いや、蒼枇様が裏でこっそりと守護獣の売り買いをしてるっていう噂を……」

『してませんよ、そんなこと！』

少しぼかして口にした朔夜だったが、最後まで言い終わらないうちにリクがものすごい勢いで噛みついてくる。

『そもそも守護獣は売り買いされるようなものじゃないですし。契約は守護獣の同意がないと無理ですし』

そう、そのはずなのだ。

……ということは、あれはからかわれた、ということなのだろうか？

それとも？

『蒼枇様はそれぞれの守護獣のことをちゃんと考えてくれてますよ。……たくさん、面倒をみなきゃいけないから、独り占めはできないですけど』

つぶやくように言って、リクがちょっと視線を逸らした。

リクにしても、それが淋しいのだろうか。

——俺なら。

ふっと、そんな悔しさが朔夜の胸の内に湧いてくる。

自分ならそんな思いはさせないのにな…、と。

もちろん、自分が守護獣に選ばれるだけの男ではないのなら、それは仕方のないことだが。

守護獣はふつう、直系の王族につくものだ。だが稀に、直系でなくとも力のある人間になら、守護獣がつくこともある。

守護獣が認めた人間であれば。

だが朔夜は、その王族の血で考えてもかなり遠い。

そして力のない主のもとでは、守護獣は十分にその能力を伸ばすことはできないのだ。能力も、寿命も、だ。

『あ…、そういえば、花街での騒ぎが、会議の前に問題になったたって蒼枇様に聞きました』

少しばかり小さな声で、リクが首を縮めるようにして言った。

「そうなのか？」

朔夜はちょっと眉をよせる。それは当事者の耳まで届いていなかった。あの時、ずいぶんと待たされていたのは、そのことだったのだろうか。

『あれは…、朔夜様のせいじゃないのに』

小さくつぶやいたリクに、朔夜はあっさりと言い放つ。

「確かにアレは、おまえのせいだったな」

しかしそう言われると、リクもちょっとムッとしたように唇――クチバシを突き出した。

『でもっ、だいたいあなたがスケベ心丸出しで、あんなところにふらふら遊びに行くのがいけないんですっ』

「誰がスケベ心丸出しだ」

むっつりと朔夜はうなった。

可愛くない。

あの時は…、確か、蒼枇と話したあと、むしゃくしゃした気持ちを持て余して花街に出たのだ。

「おまえ、焼き鳥にするぞ」

じろりとにらみつけた朔夜に、ふーん、とリクがそっぽを向いた。

『しないですよ。しゅうさん優しいですもん』

そしてポツリとつぶやくように言った。

『僕の羽が血だらけだったのを見て、会議をすっぽかしてくれたんですよね…』

そんな言葉に、何か胸の奥がムズムズするようで、朔夜はどこか照れ隠しのようにうなる。

「なんだ、そのしゅうさん、ってのは……」

『しーさん、て呼ばれてるんでしょ。あの…、あそこの女の人たちには。同じ呼び方なのは、何か、嫌だし』

ぷい、と拗ねたように顔を背けたリクに、朔夜は思わず吐息で笑った。

……やっぱり可愛くて。生意気で。

とても——手放せない気がした。

「おまえ、蒼枇のところに帰るのか？」

そっとリクの頭を撫でながら静かに尋ねた朔夜に、リクがふっと、口をつぐむ。

『帰らないと』

それでも、震えるような声で小さく答えた。

「帰りたいのか？」

しかし重ねて尋ねた朔夜に、返事はなかった。

「俺の守護獣になれよ」

何気ない調子で、しかしそっと、息をつめるようにして、朔夜は言った。

ハッと、リクが丸い目を上げて朔夜を見つめてくる。

パチパチと瞬きして、やがて視線を落とし、小さく答えた。

『……なれないですもん』

◇　　◇

「さ…朔夜様…っ？　どこ…っ、行くんですか……っ？」

かなりの早足で強引に手を引っ張られ、息の上がったリクはたまらず弱音を吐いた。フクロウで飛んだ方がだんぜん楽だ。

神殿で新たな騒ぎが起きた夜――。

何が起こったのかを正確に調書にするように、という一位様の命令で、呼び出されてたリクは朔夜ともに王宮まで出向いていた。正式な聴取ということで、リクも人間の姿だ。

聴取は別々に行われるということで、少しばかり心細く、慣れないことにリクは緊張していたが、相手が黒江だったので比較的気楽に話すことができた。

朔夜の方は、どうやら守善から聴取を受けていたようだ。

リクの方が先に終わり、どうしようかな…、と迷っていた。

朔夜が終わるのを待って、一緒に神殿まで帰るか。

しかし考えてみれば、リクはこのまま蒼枇のもとにもどってもいいのだ。

——主のところに。

「俺の守護獣になれよ」

そう言った守善の言葉が耳によみがえり、なぜかカッ…と身体が熱くなると同時に、どこか淋しい思いにとらわれる。

——本気で、朔夜は自分を守護獣に望んだんだろうか……？

身体の奥から何かが弾けるみたいにうれしくて。そして、無性に泣きたくなる。

朔夜の守護獣にはなれない。

だって、リクにはすでに主がいるのだから。

会議が延期になったのだから、本当はそれがすむまで朔夜の補佐をしなければならないのかもしれないが、……でも、もう十分だろう。

早く蒼枇のところに帰らないと、と気が急くように思った。

このまま朔夜のところにいたら……本当に帰りたくなくなってしまう。

ヒナの頃から大事に育ててくれた主がいるのに。

このまま、朔夜の顔を見ずに蒼枇のところに帰ろうか、と思った時だった。

聴取を終えた朔夜が部屋から出てきたかと思うと、いきなり厳しい表情でリクの手をつかんで歩き出したのだ。

そのままずんずんと王宮の奥へと入りこみ、リクが問答無用で連れて行かれた先は、見慣れた場所だった。

――蒼枇の部屋だ。

奥宮の中でも、一番端にある離宮の一つ。なにしろ再調教中の動物も多いので、少し他の王族の部屋からは距離をとっている。

「さ、朔夜様…？」

帰ろうとは思っていた。だが、朔夜にここに連れて来られるとは思っていなくて、意図がわからず、リクはちょっととまどってしまう。

やはりリクがいらなくなって、突き返しに来たのだろうか？

そう思うと、胸が潰されそうに苦しくなる。

案内もノックもなしにいきなり朔夜が扉を開くと、いつも通り、蒼枇はソファにすわってくつろいでいた。

「おやおや…」

ふっと顔を上げた男が、突然の闖入者《ちんにゅうしゃ》に驚いた様子もなく、ゆっくりと手元のお茶のカップを持ち上げる。

やはり調教の最中だったのか、蒼枇から少し離れた絨毯の上で、大きな首輪をつけられた獅子ががっちりと背筋を伸ばした状態ですわっていた。まるで置物のように、ピクリとも動かない。

威圧感は十分だったが、朔夜はそちらにちらっと目をやっただけで、すぐに正面の蒼枇に視線をもどす。

「さすがに、ずいぶんと飼い慣らしているようだな…」

つぶやくように言った朔夜に、蒼枇が小さく肩をすくめる。

「それが仕事だ。しかし本来、再調教が必要なのは、むしろ人間の方なんだけどね…。守護獣たちは主の意を受けてよくも悪くも変わる。つまりそれだけ、主となるには責任が必要になる」

そんな言葉に、朔夜が一瞬、怯んだように見えた。

つないだ手がギュッと強く握られる。

「それにしてもいきなりだね。何の用かな？　……もちろん、リクが帰ってくるのはいつでも歓迎す

るがね」

どこか意味ありげに、余裕をみせるように微笑んで尋ねた蒼枇に、リクの手をきつくつかんだまま、朔夜が思い切るようにきっぱりと言った。

「リクとあんたとの…、守護獣の契約を切ってくれ」

その言葉に、えっ？　とリクは、いくぶん強張った朔夜の横顔を見上げてしまった。

ぶわっ、と一瞬、全身の羽が逆立ちそうな気がした。……人間の姿だったけど。

ほう、とそれに蒼枇が小さくうなる。

「つまり、どういう意味かな？」

「リクは俺がもらう」

「嫌だと言ったら？」

あっさりと返した蒼枇の言葉に、リクは一瞬、息をつめる。

「守善に契約を切ってもらう」

顔色も変えず、朔夜が言った。

それに蒼枇が苦笑する。

「七位様か…。理不尽な契約を強制的に切る力をお持ちなんだったね。……だが私はリクを可愛がっているつもりだよ？　それとも、リクは私が主で嫌だったのかな？」

ふっと視線を向けられ、優しげな言葉で聞かれて、リクはぶるぶるぶるっと首を振る。

「そんなことはありません！」

蒼枇が主で幸せだった。不満だったことなどない。

「だったら七位様が、君のその要望を受けるとは思えないね」

それに、朔夜が低く言った。

「どうかな？　俺にリクの売り買いを持ちかけてきただろうが。それだけで十分、主としての資質に問題があるんじゃないのか？」

朔夜のその言葉に、えっ？　と思わずリクは声を上げてしまった。

「な…、何を言ってるんですかっ？」

ああ…、と蒼枇が小さく笑う。

「あれは君を試しただけだ。簡単に乗るようなら問題だし…、君がどのくらいうちの子を気に入ってくれているのか、きちんと知っておきたかったしね」

そんな言葉に、朔夜が低くうなった。

「……それで？　どうなんだ？」

「何が？」

朔夜の問いに、蒼枇がとぼけるように返す。

どこか切迫した二人のやりとりに、なかば意味がわからないまま、リクはハラハラする。

「俺を試したのなら、その意図があるんだろ？　何のために試したんだ？」

「それはもちろん、リクを君に預けても大丈夫かどうかだ。七位様の推薦はもらっていたが…、やはり君は、噂ではずいぶんと乱暴者のようだったしね」

ふん、とそれに朔夜が鼻を鳴らした。

「悪い噂なら、あんたと似たり寄ったりだ」

言い放った朔夜に、蒼枇が苦笑する。

「確かにね」

「あんたには守護獣が多い。リク一匹がいなくても問題はないだろう？」

「そういう問題ではないよ」

蒼枇がわずかに眉をよせてみせる。

「リクは私にとって特別な子だ。リクだけだからね。調教ではなく…、小さい頃から大切に育てたのは」

「あ……」

そんな言葉に、リクはツン…と何かが喉元までこみ上げてくる。

大事に、こんなに大事に思ってくれていたのだ。

「その子を、君はそんなに簡単に手放してもらえると思っているのかな？」

冷ややかに聞かれ、朔夜が息をつめた。

しばらくの間、二人がじっとにらみ合う。

耳に痛いほどの沈黙が続いたあと、ようやく朔夜が押し殺した声で、低く、絞り出すように一言、口にした。

「……頼む」

リクは思わず、目を見開いてしまった。

正直、驚いた。朔夜の口から、そんな殊勝な言葉が出るとは思わなかった。

それに蒼枇がゆったりと足を組み直し、ソファに深くもたれかけた。

口元に楽しげな笑みが浮かんでいる。楽しげで――人の悪い。

「そうだな…。ここまで大切に育てた私の大事な子を奪うつもりなら、それなりの誠意を見せてもらいたいね」

肘掛けに肘をつき、うそぶくように蒼枇が言う。

「どんなだ？」

わずかに目をすがめて尋ねた朔夜に、蒼枇がにっこりと微笑んだ。

「ひざまずいて、私の足にキスするくらいのことはしてもらってもいいと思うのだがね？」

「蒼枇様…！」

リクは思わず、悲鳴のような声を上げていた。

それは無茶だ、と思う。絶対に朔夜はしないし、……してほしくない。

そんな姿を見たいわけじゃない。

一瞬、大きく息を吸いこんだ朔夜の手に力がこもり、つかまれた手首が痛いくらいだった。

しかし次の瞬間、ふっと、その手が離れる。

そして朔夜がゆっくりと膝を折ろうとした姿に、思わず目を見張った。

「朔夜様……！」

リクが声を上げるのとほとんど同時に、蒼枇が、おやおや…、とあきれたようにつぶやく。

「そんなプライドのない男にリクはやれないな」

朔夜がカッ、と目を見開く。

「どっちだっ!?」

我慢しきれないように嚙みついた。

それを意に介さず、蒼枇がふっと視線を上げてきた。

「リク、おまえはどうしたいの？　私のところより、この男のところに行きたいのかな？」

「あ…」

穏やかに聞かれ、リクは一瞬、言葉につまった。

蒼枇のことは好きだった。もちろん、大好きだった。

けれど、朔夜は違う。

わからないけど、……違っていた。

朔夜と一緒にいると、いつも怒って、笑って、拗ねて。ドキドキして、ハラハラして、わくわくする。

何を言い出すのか、何をやり始めるのかわからない朔夜と一緒にいるのが、楽しかった。

ずっと一緒に、いたかったのだ。

きっといっぱい怒って、いっぱいつっついたりもするんだろうけど。

側にいて、腕の中で眠って。

……自分が殺されようという時に、リクを助けようとしてくれた。

自分の命よりも、プライドよりも、——リクを。

「リク」

朔夜が振り返り、まっすぐに見つめてくる。

リクはもう片方の手を、そっと自分の手を握っていた朔夜の手に重ねる。

蒼枇のところにいたくないわけじゃない。

——でも。

「……朔夜様が……好きなんです。だから…、一緒に行かせてください……っ」

泣きそうになりながら言ったリクに、蒼枇が一瞬、目を閉じて、長い息を吐いた。

「そう…。だったら仕方がないね」

そして、おいで、とリクを手元に呼んだ。

一瞬、引き止めるように朔夜が強く手を握ったが、リクはもう片方の手で軽くそれをたたいて手を離す。

蒼枇がするりと椅子から立ち上がった。

「ごめんなさい……」

小さくあやまったリクに、蒼枇が微笑む。

「おまえがあやまることじゃないよ。……そうだね、本当は少し、悪い予感がしていたかな」

苦笑して言うと、指先でそっとリクの髪を撫でた。

そして肩からたどるように指で撫で下ろし、リクの喉元、そして胸元に押し当てる。

「かまわない？」

もう一度聞かれ、リクはそっとうなずく。

「では…、リク、——我が守護獣としての契約を解く」

静かに言った蒼枇の言葉が終わった瞬間、パリン…とかすかな音が耳に届いた。

ハッと気がつくと、足元に赤く砕けたリングが散っている。リクの左足にあった、守護獣の証だ。

さすがにちょっと淋しくなる。

「蒼枇様……」

思わず潤んだ目で見上げたリクを、蒼枇がそっと抱きしめてくれた。

「嫌になったら、いつでも帰ってきてかまわないんだからね？」

そしてどことなくいたずらっぽく、朔夜への当てつけのように言われて、はい、とリクも微笑み返す。

「心配するな。俺はあんたよりリクを可愛がってやれる。リクだけをな」

そんな様子を少し後ろでにらむように見ていた朔夜が、うそぶくように言った。

それを蒼枇がじろりとにらむ。

「その獅子をけしかけられたくなかったら、さっさと消えるんだな。……ああ、それと、リク、週に一度くらいは里帰りにおいで」

「は、はい…！　――わっ…！」

答えていたリクはいきなり腕が引っ張られ、身体ごと朔夜の腕の中に倒れこむ。

「朔夜殿、覚えておくんだな」

そのまま足早に出ようとした朔夜に、背中から厳しい声が響いた。

「守護獣を持つには責任と覚悟がいる。君にそれがないと私が判断したら、すぐにリクは返してもらうよ」

じっと蒼枇をにらみ返し、朔夜が静かに言った。

「だったら、見てればいい。リクが……俺にその覚悟をくれるだろうからな」


神殿までの道のりは長く、少しだけ、気恥ずかしかった。

それでも、朔夜に手を引かれるようにして館まで帰ってくる。

何度も見ているその館が、不思議と今日は少しだけ違って見えた。

「ここがおまえの帰ってくる場所だ」

そんな朔夜の言葉で。

ここが新しい家になるのだ。

……もっとも今のリクは、主を持たないフリーの守護獣だったけれど。

そんな中途半端さは、少し不安ではあったが、少し自由な気もする。

――主を、選べるのだから。

初めての感覚だった。

蒼枇の時は、何というか……自然の流れだったから。

館に入り、何となく習慣になっていたせいか、そのまま一緒に風呂場まできてしまって、ハッとようやく意識する。

「今日は人間で風呂に入れよ」

いかにも意味ありげに、耳たぶを噛むようにして言われて、ドクッ…と身体の奥で何かが疼《うず》くように熱くなった。

いかにも肉食獣みたいな眼差しだ。そのくせ、妙な色気があってドキドキする。

考えてみれば、人の姿でこの風呂に入るのは初めてだっただろうか。特に意識したことはなかったけれど。

何度も入ったはずなのに、少し緊張した。

先に入っていた朔夜にじろじろと見られていたら、なおさらだ。

「……そんなに見ないでください」

「しょうがねぇだろ」

視線を逸らし、ちょっと唇を尖らせてクレームをつけるが、朔夜はあっさりと答えただけだった。

「初めておまえの…、ハダカ、見るんだしな」

「いつも見てるでしょう？　フクロウの時は裸ですよ」

「フクロウに欲情していいのか？」

眉を上げて聞かれ、思わずリクは遠慮した。

「……それはちょっと」

というか、それはつまり、今の自分の身体に欲情しているということだろうか？

そう思うと、かぁっ、と肌が火照《ほて》って、とっさに朔夜に背を向け、ちゃぽっ、とさらに深くお湯に浸かる。

そんなリクの様子に、朔夜が吐息で笑った。

いかにも余裕があるのが憎たらしい。……まあ、ずいぶんと遊んでいるようだから、あたりまえなのだろうが。

「ふ…っ、――ひゃあぁぁぁ……っ！」

と、いきなり背中から伸びてきた腕が腰に巻きつき、思いきり引きよせられて、頭のてっぺんから声が飛び出してしまう。

広い風呂場に反響して、自分でもびっくりするくらいだった。

そのまま膝に抱き上げられ、身体が密着して、振り返ることもできないまま、リクは身体を強張らせた。

前にまわってきた男の指先が、そっと、フクロウにするみたいに喉元を撫でる。

「……よかったのか？」

そして静かに聞かれて、ハッとした。

一瞬、何のことかと思ったが、……そう、蒼枇との契約を切ったこと。

朔夜を選んだこと、なのだろう。

小さく息をつき、リクはそっと肩越しに振り返った。

「後悔させるつもりですか…？」

じっと男の目を見つめて聞くと、朔夜がにやっと笑った。

「ねぇよ。バカ」

相変わらず、悪い口が言う。

「僕も…、後悔する気はないですから」

そんな言葉に、男の指がリクの顎をつかみ、そっと唇が重なってきた。

「ん…っ、……あ…っ」

初めてのキスだった。

ちょっと苦しくて、甘くて。

息苦しさにいったん息をついだリクの身体が泳ぐようにまわされ、正面から引きよせられる。

そしてさらに深く、唇が奪われた。

わずかに浮き上がる身体が落ち着かず、リクはとっさに男の腕をつかむ。舌が絡められ、攻めこむみたいに男の舌がリクの口の中へ入りこむと、思うままに蹂躙《じゅうりん》していく。

何度も味わわれ、頭の中がぼうっとしてきた。

「初めてか？」

喉で笑うように聞かれ、小さくうなずく。

「蒼枇とはしてないのか？」

ちょっとうかがうように聞かれて、リクは小さくにらんだ。

「しませんよ、そんなこと。……あ、唇じゃなければ、何度もしてもらいましたけど」

うーん、とちょっとおもしろくなさそうに朔夜がうなる。

「好きか？　これ」

それでも吐息で笑い、頬に鼻先をこすりつけるようにしながら重ねて聞かれて、はい、とリクは素直に答えた。

気持ちがよかった。

「キスが好きなら、できれば朝はクチバシじゃなくて唇で起こしてほしいもんだな」

にやっと笑って言われ、リクはちょっと上目遣いに尋ねる。

「それで起きますか？」

「起きるだろ？」

とぼけるように言われたが、妙に怪しい。

「起きるだけじゃすまないかもしれないけどな」

そして独り言のようにつぶやくと、リクの身体を片膝に抱き上げた。

「あっ…」

男の唇が喉元から胸へと這っていく。

「ふ…っ、あぁ……っ、や……っ」

胸の小さな芽が男の指できつく押し潰され、リクは男の腕の中で大きく身をよじった。

襲いかかった甘い刺激から逃れようとしたのだが、今度はそこが男の唇に味わわれ、もう片方が指に弾かれて、身体の中からじくじくと疼き始める。

「さく…や……、——あぁ…っ」

もうどうしたらいいかわからず、リクは男の肩にしがみついた。

その拍子に、内腿《うちもも》に男の硬いモノがあたり、さらに身体が熱くなる。

じっと表情を見つめられながら、胸が指でいじられ、さらに下肢《かし》が確かめるように撫で上げられて、たまらず腰を跳ね上げてしまう。

フクロウ姿で水に飛びこむように、じゃぶじゃぶとお湯が大きく音を立てた。

「意外と色っぽいな…」

ため息をつくようにつぶやいたかと思うと、そっと息を吐き出し、朔夜が濡れた手でリクの前髪をかき上げた。

「こっから先、何をするのか知ってるか？」

うかがうように尋ねてくる。

「先……？」

少しぼうっとした頭で繰り返したが、あ…、と思いついた。

そう、知識だけはあった。というか、知識しかなかったのだが。

「人間でも、動物でも、……な」

意味ありげに言われて、リクはとっさに目をそらした。

「あの…っ、……ここじゃ、ダメですよ……？」

必死に小さく訴えると、朔夜がわずかに目をすがめてリクを眺めてくる。

「そんなに焦《じ》らすか…」

大げさなため息とともにむっつりと言うと、ザバッ、と風呂から立ち上がった。

「だったら行くところへ行くしかねぇな」

用意してあったローブを無造作に羽織ると、朔夜は腕を伸ばしてリクの身体を軽々と風呂から引き上げる。ケガをしている片腕は濡れないように持ち上げていたようだがその影響はみじんもない。

わっ！　と声を上げたものの、どうすることもできずに、リクは男の腕に抱えられたまま、寝室まで運ばれた。

濡れた身体のままシーツに転がされ、大きな身体が重なってくる。

「朔夜様…っ、ちょっと……まだ」

「往生際が悪いな。どれだけ俺に我慢させる気だ」

あせって、思わず抗議の声を上げたリクに、朔夜がふん、と鼻を鳴らす。

「我慢って……」

思わずうめいたリクは、しかし下肢を中心に押し当てられて、思わず言葉を呑んだ。

存在感をもった熱いモノが、どくどくと脈打っているのを肌で感じる。

「……嫌か？　嫌なら…、もう少し待ってやるが」

絶句したリクに、そっと息を吐き、朔夜が静かに言った。

「い…いや…じゃないですけど。その、心の準備が」

本当に嫌ではないのだ。

ただ――恥ずかしくて。

あわてて言ったリクに、朔夜が目をすがめる。

「だったら、早くしろ。その心の準備とやらをな」

むすっとした顔で言ったかと思うと、無造作に腕が引かれ、大きな男の身体がリクに重なってくる。

「あ…っ」

あせって、とっさに突き放そうとした手がやわらかくつかまれて、シーツに縫いとめられた。

「恐くねぇから」

そっと、穏やかな声が耳元に落とされ、リクは少し息をつく。

生まれたままの姿がシーツに包まれ、ちょっと恥ずかしさに頬が熱くなった。

「手を伸ばして…、俺の背中にまわしてみろ」

いくぶんかすれた声でうながされ、リクは言われるまま、そっと両手を伸ばす。

「あ……」

おたがいの素肌が密着して、裸で抱き合っていることを強く意識する。たまらず顔が火照ってしまう。

朔夜が長い息をついて、リクの頬に自分の頬をこすり合わせてきた。足を絡め、太い腕がリクの全身を抱きしめてくる。

それでもリクの細い身体を押し潰さないように、そっと。壊さないようにと、少しばかり恐れるみたいに。

らしくもなく、少しぎこちなくて、不器用な気がして、ちょっと笑ってしまう。

女との経験など、腐るほどあるはずなのに。……腹が立つけど。

そう思うと、少しだけ、身体の力が抜けてくる。

片手がリクの手をとり、口元に運んで、手首のあたりに優しく唇が押し当てられた。

そのままなめるように手のひらを唇がすべり、人差し指の先が軽く嚙まれて、あっ…、と小さな声をこぼしてしまう。

にやり、と口元で笑った男が、いくぶん強引に顎をつかみ、唇を重ねてきた。

「んん…っ、あっ……」

唇がこじ開けられ、あっという間に口の中へ攻めこんできて、舌がきつく絡めとられる。

息苦しくて、息継ぎをして、それでも何度も与えられると、だんだんと気持ちよくなってくる。

キスは好きだった。

「ん……」

飲みこみ切れずに顎に伝い落ちた唾液《だえき》が唇で追うように拭いとられ、そのまま喉元から胸までたどられた。

「つっ……ぅ…、ん…っ」

先行するように胸にすべり落ちた大きな手が薄い胸を撫で上げ、小さな乳首が指先で押し潰すようにいじられて、思わずあえぎ声が飛び出す。

そのまま片方が乱暴な指になぶられ、もう片方が唇に含まれて、舌先で執拗《しつよう》に転がされた。

お湯の中でとは、またちょっと違った感触だ。ずっと、ずっと、生々しい。

「あぁ…っ！　……んっ…、や…っ」

身体の奥から何か得体の知れない疼きが湧き上がり、無意識にリクは身体をよじった。

いったん顔を上げた朔夜が吐息で笑って耳元でささやくと、手の甲で頬を撫で、髪をすき上げてくれる。

「気持ちイイだろ？」

「よく…、ない……っ」

その楽しげな様子にちょっとムカッとして、反射的に言い返したリクを、うん？　ととぼけるように朔夜が眺めてくる。

「よくないのか？　こんなに尖らせてんのに？」

いかにもいやらしく言われ、指先ですでに硬く芯《しん》を立てていた乳首が弾かれて、顔が真っ赤になってしまう。

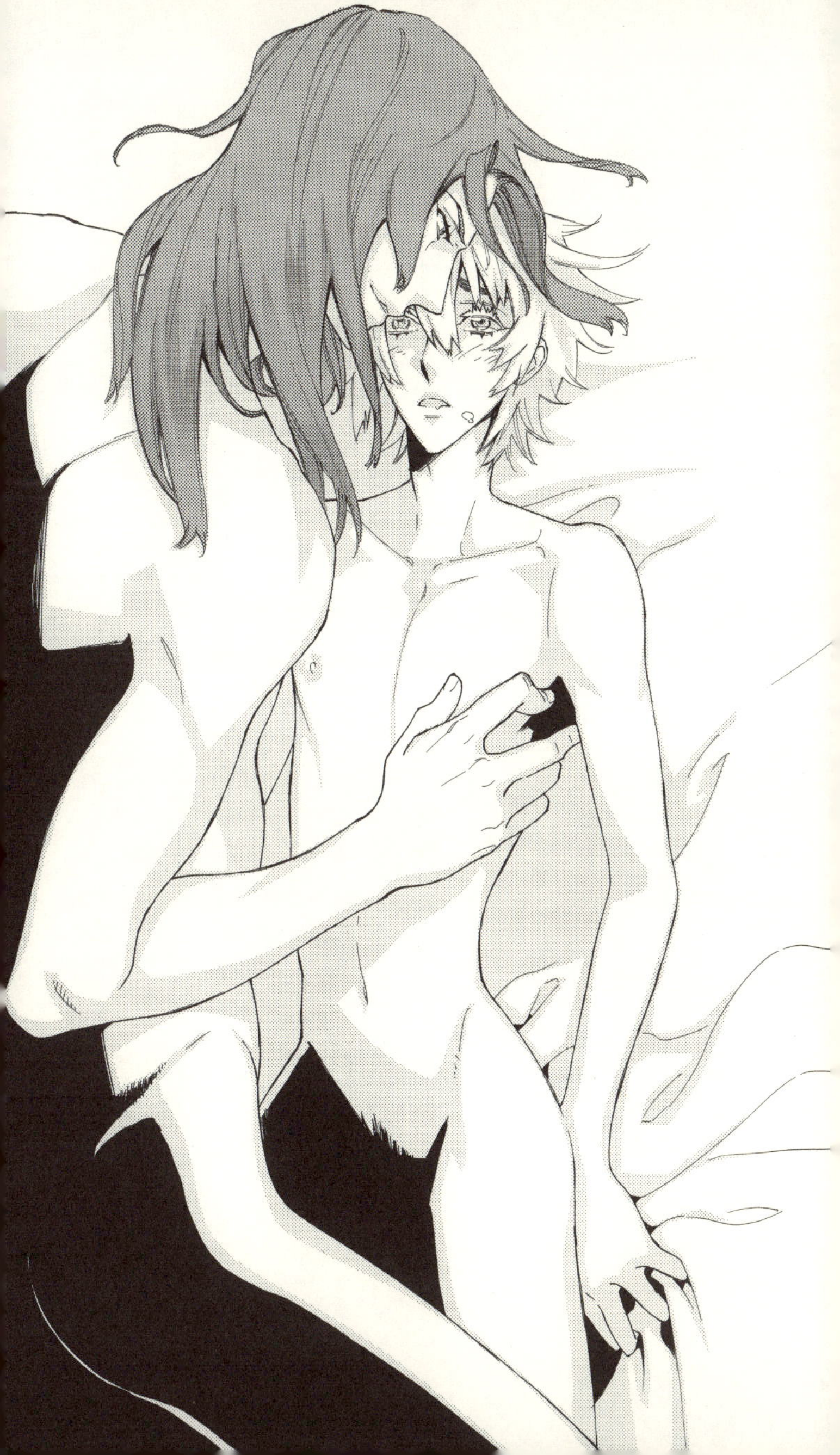

「気持ちいいからこうなってるんだと思ったが。こっちも…、……ああ、もうこんなにしてるしな。先っちょ、濡れてるぞ？」

「やっ…！　あぁぁ……っ」

するりと伸びた男の手に無造作に中心が撫で上げられ、リクは甲高い声を放っていた。

「あぁっ…んっ…、あっ……あ……」

そのまま軽くしごかれ、先端が指で揉まれて、ガクガクと腰が揺れてしまう。

そんな表情がじっと見つめられ、しっかりと堪能されたあと、軽く頬にキスが落とされた。そしてそのまま喉元、胸から脇腹のあたりまで何度も何度も、ついばむようなキスを与えられる。

優しい、何かが起こりそうで起こらない、焦らされるような愛撫《あいぶ》に、リクは無意識に息を荒げてしまう。

「く…くすぐったい…っ」

だんだんとおかしくなりそうで、必死に言葉を押し出す。

「おまえがここのベッドで寝ているおかげで羽が落ちて、俺は毎朝くすぐったいぞ？」

喉でくっくっと笑いながら、男が何度も足のつけ根を撫で上げた。そのまま片足が軽く持ち上げられ、恥ずかしく形を変えていた中心がやわらかく温かいものに包まれる。

「――ふっ…あっ、あぁぁ……っ、それ…っ…」

口の中で何度もこすり上げられ、舌でなめ上げられて、リクはたまらず腰を跳ね上げた。しかし強引に押さえこまれ、両膝がいっぱいに開かれて、さらに丹念にしゃぶり上げられる。

甘く、溶け落ちそうな感覚にどうしようもなく身体がよじれる。

いったん離れた男の唇はさらにそこから奥へとたどり、後ろの窪《くぼ》みへと行き着いていた。

ただ息を継ぐだけだったリクは、しかし何をされているのかもわからない。

器用に動く舌先で丹念に襞《ひだ》が愛撫され、溶かされて、硬い指先にくすぐるようになぶられて、ようやくハッと我に返った。

「な…に……っ？」

あせって腰を逃がそうとしたが、すでに遅い。

「大丈夫だ。恐くない」

熱っぽい声がささやくと同時に、男の指が身体の中へ埋められる。

「なっ…？ やっ…、そんな……っ」

わずかな痛みが背筋を走り、一瞬、身体が強張ったが、しかしゆっくりと抜き差しされて自分でもわからない、疼くような感覚が腰から全身に広がっていく。

「ふ…ぅ…っ、……あっ…あぁ…ッ…ん…っ」

男の太い腕にしがみついたまま、中の動きを止めようと必死にきつく腰を締めつけるが、男の指は容赦なく中をかき乱し、こすり上げていく。

いつの間にか指は二本に増え、狙い澄ましたように一点が突かれると、全身を走り抜けるような痺れに、リクは大きく身体をのけぞらせた。

「やぁ…っ！　あぁっ、あぁっ、あぁっ……！　カラダ……、おかしい……っ」

男の腕につかみかかり、ぐしゃぐしゃの顔をこすりつけて、泣きながら訴える。

「おかしくないさ…」

楽しげに言いながら、男の指はリクの身体の中で好き勝手に動きまわり、たまらずリクはあえぎ続けた。

「あぁ…、たまんねぇな……」

やがてため息をつくようにつぶやくと、男がいきなりリクの身体を抱え上げる。

指が後ろから抜け落ち、あっ、とリクはあせってしまう。

「最初は後ろからのが楽だもんな」

そんなことを言いながら、リクの身体を軽々とひっくり返し、朔夜が端に追いやられていた枕をリクの顔のあたりまで引きよせた。

「ほら、枕、しがみついてろ」

わけもわからず、リクは夢中でそれにしがみつく。

膝が立たされ、腰が抱え上げられたこともしばらく気がつかなかった。

「な…っ、そんな……っ」

さっきまでさんざん指で遊ばれていた場所が舌先で軽くなぶられ、ハッと我に返るようにうろたえた声がこぼれる。

しかし次の瞬間、何か硬いモノがそこに押し当てられ、ゆっくりと入ってくる感覚に思わず息をつめた。

「力、抜けよ……」

かすれた声でうながされ、言われるままなんとか身体の力を抜いた瞬間、身体の奥まで朔夜の熱に埋められたのを感じた。

「あぁぁ……っ」

もう、自分がどんな声を上げたのかもわからない。

身体の奥から何かに食い尽くされているようだった。

だがそれは、恐怖というよりも陶酔に近い。

男のモノに何度も中をこすり上げられ、前にまわされた手で中心がしごき上げられて、男の腕の中で何かに酔っぱらったように恥ずかしく身体がくねる。

「ほら…、イッていいぞ」

軽く腰を揺すってうながされ、わけもわからないまま、リクは絶頂に上り詰める。

「――あぁぁ……っ」

味わったことのないあまりの快感に、意識が飛びそうだった。

「ん……、あぁ……」

そして後ろからズルリと男が抜けて行く感触に、ホッと息をつくとともに、もの足りなさを感じてしまう。

そんな自分に気づいて、カッ…と顔が熱くなる。

「何だ？　まだ足りなさそうな顔をしてるぞ？」

うん？　とリクの顔をのぞきこんできた男がにやりと笑うと、意地悪く指で頬がつっついてくる。

「し…してませんよ…っ」

思わず涙目で噛みついたが、下肢がうずうずするのは止められない。

「俺も足りねぇからな」

しかしあっさり言った男が、ぐったりと力の抜けたリクの身体を軽々と抱き起こした。

正面を向けられ、頬から額が撫で上げられて髪がかき上げられる。露わにした額にキスを落とし、唇に、喉元に唇をすべらせる。

そしてリクの右手がとられると、それが男の中心へと導かれた。

「あ……」

一瞬、触れたのが何かわからなかった。が、すぐにそれが男のモノだとわかる。

硬くて、大きくて、熱くて。ドクドクと手の中で脈打っている。

これがさっき、自分の身体の中に入っていたのだと思うと、ひどく生々しくて、ドキドキする。

思わず息を呑んで、男の顔を見つめてしまった。

「わかるか？　おまえを欲しがってるだろ…？」

熱く、静かに言われ、かぁっ…と全身が熱くなる。

そのまま、リクの手の上から朔夜が何度かこすり上げ、さらに手の中で男が大きく、硬くなるのがわかる。

恥ずかしさに目を伏せてしまったリクに、朔夜が低く笑った。

「おまえのもな…」

小さく言うと、そっと手を離し、その指でツッ…とリクのモノがなぞられた。すでに形を変え、反り返している裏側がやわらかくこすられて、もどかしさに腰が揺れる。

「あぁ…、ん…っ、んん…っ！」

「もっと強くするか？」

喉で笑うように優しげに聞かれ、リクはたまらず何度もうなずく。

男の手がリクのモノに絡みつき、きつく弱く、何度もこすり上げられた。

こらえきれずリクがこぼしたものを絡めた指がさらに奥へとすべり、狭い溝を伝って後ろの窄まりへとたどり着く。

「やだ……っ」

襞が男の指に絡みつき、恥ずかしく中へくわえこもうとするのに、リクは顔が真っ赤になるが、自分でも止められなかった。

「あ……、あぁぁ……っ」

そしてずるり、と中へ指が入ってくる感触に、甘い声を放ってしまう。

「可愛いな…」

ため息のように、朔夜がつぶやいたが、ほとんど耳に入ってはいない。

じっと恥ずかしく感じる顔が見つめられながら、感じる場所が指で突き上げられ、リクは男の肩にしがみついたまま淫《みだ》らに腰を振り立てた。

「勘弁してくれ……」

吐息で低くうなったかと思うと、男が指を引き抜き、自分の男をあてがう。そして、一気に突き上げられた。

「あぁぁぁ……っ！」

衝撃に大きく身体がのけぞる。

そのまま背中が抱き上げられ、ベッドにすわりこんだ朔夜の膝の上に身体が起こされた。

だがリクは、そんな自分の体勢もほとんど気づいてはいなかった。

ただ夢中で男の首に腕をまわし、なかば自分から身体を上下させて男を貪《むさぼ》る。

「確かに猛禽類だな…」

朔夜が低く笑った。

「……んっ、……あぁ…っ、さく…っ、朔夜……っ」

そして必死に顔を肩口にこすりつけてくるリクの頭を引きよせる。

「名前で呼んでくれよ」

熱っぽい吐息で耳元にささやかれ、リクはハッとした。

「しゅう…けい……？」

必死に返すと、朔夜がくすぐったそうに微笑む。

「リク…、おまえがいれば……きっと、……な」

かすれた言葉が耳をかすめる。

頬をこすり合わされ、下から一気に突き上げられた。

指先から、頭のてっぺんまで、今はない羽の先まで、痺れるような快感が広がっていく。

自分でもわからないままに声を上げ、リクは熱く、力強い腕の中で意識を飛ばしていた。

目が覚めた時、どうやら夜は明けていたようだった。
窓からはさわやかな光が差し、小鳥たちのさえずりも聞こえてくる。
いつも、リクが起こしに来る時間よりはずっと遅い。
――あれ…？
と、きょろきょろあたりを見まわしたリクは、すぐそばにいた男と目が合った。
にやり、と朔夜が笑う。
「今朝はおまえの方が寝坊だったな」
いったいいつから起きていたのか。寝顔をずっと見ていたんだろうか？
そう思うと、さすがに気恥ずかしい。
「……あなたのせいだと思いますけど？」
むっつりと唇を尖らせて、とりあえず抗議しておく。
実際に身体の節々は痛いし、ずっしりと腰は重い。

どう考えてもこの男のせいだろう。

ゆうべはさんざん、本当にどうにかなりそうなくらい、食い尽くされたのだ。

体力が違いすぎるというのにっ。

「おまえがねだってきたからだろ」

しかしうそぶくように言われて、リクはぴしゃりと答え、男をにらみつける。

「違いますっ」

「そうかぁ？」

朔夜がしれっと言って、大きく伸びをすると、上体だけをベッドに起こした。

そして手を伸ばして、リクの髪を撫でてくる。

「仕事、さぼってちゃダメですよ。会議は延期というだけなんですから」

思い出して言ったリクに、ハイハイ、と軽く答える。

もっとも、永泰や央武を次の祭主に、という選択肢は消えたわけだ。

一位様としては、どうやら陰謀の残党、というのか、他の関係者をあぶり出そうという意図もあって、永泰や央武のことを会議の議題にのせたようだったが、実際、何人か浮き足だった人間がいたらしい。

青桐もその一人ということだろう。

この際、出せる膿は全部出しておいた方がいい。

しかし昨日の騒ぎでは、結局のところ、朔夜の責任だという意見もあり、神殿の管理能力を問われたわけで、もし朔夜がこの先も「朔夜」を続けるつもりなら、相当な覚悟を持って次の会議にはのぞまなければならないだろう。

「無職の怠け者に守護獣はつきませんからね。僕を守護獣にするつもりなら、ちゃんと仕事してくださいよ」

ちろり、と男を見上げて言ったリクを、朔夜が意味ありげな笑みで見下ろしてくる。

「有能で可愛い守護獣ができるんだったら、今のこの面倒な仕事もやってやろうって気になるんだがな…」

「すごく有能ですごく可愛いフクロウが、あなたの守護獣になってあげてもいいですよ？」

「クソ生意気で口うるさいフクロウを、守護獣にしてやってもいいけどな？」

つん、と顎を上げて言ってやったリクに、ずうずうしく朔夜が返してくる。

おたがいに探るみたいにじっとにらみ合って、……朔夜が小さく微笑んだ。

「俺がきっちりと『朔夜』に認められた時にな」

はい、とリクはそれにうなずいて、ふわりと笑った。

リクの足にもう一度、赤い輪がはまるのも、そう先のことではなさそうだった——。

end.

あとがき

こんにちは。ガーディアン・シリーズの4作目、ですね。こちらのシリーズでは、雪豹、クマ、と来て、今回はフクロウです。あれ？　1匹足りませんが、その1匹は人間なのでした。ペガサス様はまた別のお話になりますからねっ。あ、そういえば、前作の予告では、次はペガサス様と言っていたかと思いますが、……すみません。ルナ様は少し先送りとなりました。あ、でも必ず！　書けるはずですので、気長にお待ちいただければと思います。

そして今回はフクロウのリクくん、前作と比べると一気にちっちゃく、可愛くなりました。一生懸命な頑張り屋さんでしょうか。でもちょっと口は達者ですね。お相手というか、飼い主（？）は前回の「レイジー～」でもちらっと出ておりました朔夜《さくや》様です。このところの私の攻めキャラとしては、ちょっとめずらしいタイプかもしれません。まあ、攻めの場合は、おっさんかおじさまじゃないだけでめずらしいという気もしますが。こちらの朔夜様はケンカっ早いにーちゃんですが、あまり駆け引きのできない、根っこは真面目な方だと思われます。リクくんに支えられて（笑）これから大きく成長するんじゃないかなあ…。将来はやんちゃないいおっさんになってくれそうなのですが。

そして前回から引き続きといえば、クマですよ！　何と言っても今回の見所は、クマと朔夜様のガチバトルじゃないでしょうかっ（ちょっと違う…）。そのあたりもお楽しみいただければうれしいです。そういえば、以前に一度、九州のクマパークのようなところは行ったことがあるのですが、今度は一度、フクロウ・カフェに行きたいな。キツネ園にも行きたいっ。

そういえば、以前にコウモリとか狼とか書いた時には、何となく見かけたその小さなぬいぐるみなんか買ってみたものですが、クマとフクロウはうちにあるぬいぐるみのトップ2でした。やっぱりクマは不動ですよね。何匹いても表情や手触りがそれぞれで癒やされます。そしてなぜか、うちはフクロウ率も高いです。やっぱり自分が好きだから、つい、というのもあるんでしょう。うちにある一番巨大なぬいぐるみはフクロウです。直径三五センチくらい。まん丸です。でもフクロウはむしろ、ぬいぐるみより置物が多いですよね。陶器とか、木製とか、ガラス製とか。福を招く、ということでバリエーションも多いですし。ぜひともリクくんもその一つに加えて、可愛がってやっていただければと思います。

そしてイラストをいただきました山岸《やまぎし》ほくとさんには、本当にありがとうございました。前回のクマもとても素晴らしかったのですが、今回のフクロウも、もう本当にグリグリしたくなるほど可愛いのです。いただいたラフだけでも、あまりの可愛さに和んでしまいました。そしてクマ、やはりクマ！　ということでクマのシーンも入れていただくことに。相変わらず大変な作業をさせてしまいまして、本当に申し訳ございませんでした。表紙や口絵を拝見するのを、とても楽しみにしております。そしてこのところ、毎回自己ワーストを更新しているような状態で、編集さんには本当に言葉もないくらい、申し訳ございません…。営業さんにも校正さんにも印刷所さんにも、本当にもう……。無事にこちらの本が出ていましたら、本当に編集さんや関係各所の皆様のおかげです。ありがとうございました！　何かもう、大口はたたけませんが、す、少しずつでもペースをもどして行きたいです…！

そしてこちらを手にとっていただきました皆様にも、本当にありがとうございました。小さいもふもふ感を味わっていただければと思います。……あ、大きいもふもふも出てきますね。お好みでぜひ。

リンクスさんではこのところファンタジー続きでしたが、次はどうなるかな？　ガーディアンの別のお話か、まったく新しいお話か、でしょうか。何としても遅れないようにコツコツと！　地道に出していければと思いますので、懲りずにおつきあいくださいませ。

それでは、またご縁がありますように――。

3月　　空っからの冷蔵庫に冬場買いだめしたポンカンが貯蔵されてます…。

水壬楓子《みなみふうこ》

レイジー
ガーディアン

水壬楓子
イラスト：**山岸ほくと**

本体価格870円+税

わずか五歳で天涯孤独の身となった黒江は、生きるすべなく森をさまよっていた時にクマのゲイルに出会い、助けられる。守護獣であるゲイルの主は王族の一員である高視で、その屋敷に引き取られた黒江は彼を恩人として慕い、今では執事的な役割を担っている。実は、ほのかにゲイルに恋心を抱いていた黒江だが、日がな一日中怠惰な彼に対し、小言を並べ叱ることで自分の気持ちをごまかしていた。そんな折、式典の準備のためゲイルと一緒に宮廷を訪れた黒江は、第一皇子・一位様からの内密な依頼で神殿に潜入することになるが…。

リンクスロマンス大好評発売中

太陽の標　星の剣
～コルセーア外伝～

たいようのしるべ　ほしのつるぎ　～こるせーあがいでん～

水壬楓子
イラスト：**御園えりい**

本体870円+税

シャルクを殲滅するため本拠地テトワーンへ侵攻していた、ピサール帝国宰相のヤーニが半年ぶりにイクス・ハリムへと帰国した。盛大な凱旋式典や、宴を催されるヤーニだが、恋人であるセサームとの二人だけの時間が取れずに、苛立ちを募らせていた。そんな中、セサームの側に彼の遠縁のナナミという男が仕え始めていて、後継者候補だと知る。近いうちに養子にするつもりだというそのナナミに不信感を覚えたヤーニは彼を調査するよう指示するが…。

この本を読んでの
ご意見・ご感想を
お寄せ下さい。

〒151-0051
東京都渋谷区千駄ヶ谷4-9-7
(株)幻冬舎コミックス　リンクス編集部
「水壬楓子《みなみふうこ》先生」係／「山岸《やまぎし》ほくと先生」係

リンクス ロマンス

フェアリー　ガーディアン

2015年3月31日　第1刷発行

著者……………水壬楓子《みなみふうこ》
発行人…………伊藤嘉彦
発行元…………株式会社　幻冬舎コミックス
〒151-0051　東京都渋谷区千駄ヶ谷4-9-7
TEL 03-5411-6431（編集）
発売元…………株式会社　幻冬舎
〒151-0051　東京都渋谷区千駄ヶ谷4-9-7
TEL 03-5411-6222（営業）
振替00120-8-767643
印刷・製本所…共同印刷株式会社
検印廃止

ISBN978-4-344-83401-9 C0293
Printed in Japan

幻冬舎コミックスホームページ　http://www.gentosha-comics.net